KB141438

나랏말ᄊᆞ미
듕귁에 달아 2

홍웅표 역사소설

나랏말ᄊᆞ미 듕귁에 달아 2

초판 1쇄 찍은날 2024년 1월 29일
초판 1쇄 펴낸날 2024년 2월 2일

지은이 홍웅표

펴낸이 최윤정
펴낸곳 도서출판 나무와숲 | 등록 2001-000095
주 소 서울특별시 송파구 올림픽로 336 910호(방이동, 대우유토피아빌딩)
전 화 02-3474-1114 | 팩스 02-3474-1113 | e-mail : namuwasup@namuwasup.com

ISBN 978-89-93632-99-6 03810

나랏말싸미 듕귁(中國)에 달아 2

홍웅표 역사소설

나무와숲

이 소설을 한글을 남달리 사랑했던
고 노회찬 선배에게 바친다

제 소설 『나랏말싸미 듕귁에 달아』 첫 번째 권이 나온 게 지난해 6월이었습니다. 제 이름을 건 소설을 출간한다는 것은 분명 가슴 설레는 일이었습니다. 그런데 한편으로는 듣보잡 신인인 제 소설에 별 반응이 없을 것이라는 두려움이 있었습니다. 그러나 의외로 제 기대보다는 많이 판매가 되어 놀랍기도 하고 어깨가 으쓱거리기도 했습니다.

약 반년이 지나 후속권을 내게 되었습니다. 원고는 재작년 10월에 완성해 놓은 상태였습니다. 원고가 마무리된 상태여서 작가인 제 입장에서는 빨리 후속권을 내고 싶은 마음이 강했습니다. 조마조마했습니다. 그러나 출판사 입장에서는 시간을 두고 1권에 대한 반응을 충분히 본 후 후속작을 내겠다는 생각이었던 것 같습니다.

우리나라 종이 출판 시장은 극도로 어려운 상황에 놓여 있습니다. 종이로 된 간행물이 잘 팔리지 않습니다. 그 부담을 출판사가 고스란히 떠안는 상황입니다. 이런 사정을 알면서도 빨리 후속권을 내기를 재촉하기만 했던 제가 너무 이기적이지 않았나 반성을 합니다. 또 큰 부담을 안고 제 소설 후속권 출간을 결정한 '나무와숲'에 감사드립니다.

『나랏말ᄊᆞ미 듕귁에 달아』는 고려 말부터 조선 순조 대의 홍경래의 난까지 약 450년의 역사를 다루고 있습니다. 이 소설은 대체역사소설로 상상력의 산물입니다. 역사적 사실은 차용 수준이고 거의 70% 이상이 제 상상력의 산물로 이뤄진 가상 역사소설입니다. 그러다 보니 어느 대목에서는 살짝 비틀었고, 또 어느 대목에서는 파격적으로 꾸며냈습니다. 역사적 사실과 다르게 써진 것에 대해 불쾌감을 느끼시는 분도 있을 것입니다. 너그러이 봐주시기 바랍니다.

이 소설의 주인공은 살아있는 사람이 아니라 '한글'입니다. 억지로 말한다면 한글이 화자話者입니다. 평등 문자인 한글의 입장에서 사람과 사건을 바라보고 서술한 것입니다. 한글의 관점에서 상상력을 동원하다 보니 역사적 사실에 대한 왜곡과 변형이 있을 수밖에 없었다는 점을 말씀드립니다.

영국의 역사가 토머스 칼라일은 "종이와 인쇄가 있는 곳에 혁명이 있다"고 말했습니다. 프랑스의 역사학자 페르낭 브로델은 그의 역작 『물질문명과 자본주의』에서 구텐베르크의 금속활자 발명과 상업화의 성공으로 유럽의 출판 시장이

기하급수적으로 확대되는 과정을 서술하고 있습니다.

구텐베르크가 금속활자를 발명한 것이 15세기 중반입니다. 이 금속활자 인쇄술이 빨리 유럽에 퍼져 나가면서 1500년 이전에 찍어낸 책의 수가 2천만 권이 넘었다고 합니다. 당시 유럽의 인구는 약 7천만 명이었다고 합니다. 16세기에는 2억 권의 책이 출간됐다고 합니다. 16세기 말 유럽의 인구가 약 1억 명이었음을 감안할 때 가히 '출판혁명'이라 말할 수 있을 것입니다. 근저에는 당시 지배층의 문자인 라틴어가 아니라 각 나라와 민족의 문자로 쓴 책에 대한 폭발적 출간 욕구가 있었습니다. 이러한 일련의 흐름이 근대 시민혁명으로 이어졌습니다.

우리나라는 이미 13세기 말인 고려 시대에 금속활자를 발명했습니다. 현존하는 세계에서 사장 오래된 금속활자본인 『직지심체요절』을 찍어낸 것이 1377년인데, 1293년 목판으로 간행한 『남명천화상송증도가』 원문을 보면 원래는 금속활자로 인쇄한 것을 목판으로 복각했다는 기록이 있습니다. 국립중앙박물관에 '복' 글자의 금속활자가 있습니다. 학자들의 고증에 따르면 12세기에 민들어졌다고 합니다. 구텐베르크보다 못해도 250년 전에 금속활자를 발명한 것입니다.

조선 시대에도 초기에 계미자, 갑인자, 을해자 등 금속활자가 활발하게 만들어졌습니다. 한글 창제 이후에는 한글 금속 활자가 만들어졌습니다. 현재 우리나라에는 19세기 이전에 만들어진 금속활자가 40만 개 남아 있다고 합니다. 세계 최다最多 보유라고 합니다. 조선 시대에 우리나라는 출판혁명과 정보혁명을 위한 기본 인프라를 다 갖추고 있었던 것입니다.

그러나 금속활자는 왕실의 전유물에 머물렀습니다. 유럽처럼 상업화되지 않았습니다. 어용御用 서적의 출간에만 쓰인 것입니다. 이런 인쇄 인프라와 평등 문자인 한글의 대중화가 만났을 때 조선의 역사는 다시 쓰여졌을 것입니다. 제 소설의 상상력의 출발이 바로 이것입니다.

『나랏말ᄊᆞ미 듕귁에 달아』 2권에서는 한글의 확산, 봉기와 경장, 사회 혁명 과정을 통해 한반도에 동양 최초의 공화국이 들어서는 과정을 그렸습니다. 공화국은 자기 주장을 말과 글로써 펼칠 수 있는 적극적인 시민을 필요로 합니다. 가진 것을 지키고 늘리려는 능동적인 시민이 필요합니다. 그런 시민의 형성 과정과 근대 공화주의의 두 축인 시장경제와 의회 제도의 성립을 다뤘습니다. 그 중심에 한글이 있습니다.

우리나라 국보 1호는 남대문(숭례문)입니다. 난 잘못됐다고 봅니다. 국보 1호는 그 나라의 정체성을 가장 드러낼 수 있는 유산이어야 합니다. 뭐니 뭐니 해도 우리의 정체성을 가장 드러내는 것은 말과 글이고, 그 결정체가 한글입니다. 따라서 우리나라 국보 1호는 1446년에 발간된 『훈민정음 해례본』이 되어야 합니다.

『나랏말ᄊᆞ미 듕귁에 달아』 2권의 발간을 나만큼 학수고대한 이들이 있었으니 아내 김윤희와 아들 홍성준입니다. 아내와 아들의 간절한 바람이 출판사의 결단과 만나 이 후속작의 출간이 가능했다고 믿습니다. 진심이었든, 인사치레였든 후속작이 언제 나오냐며 인사말을 건네는 분들을 만났을 때마다 얼마나 가슴이 설레었는지 모릅니다. 부디 이 책이 많은 이들의 기대에 부응할 수 있기를 바랍니다.

2024년 1월

홍웅표

차 례

조선 왕조 계보(1~23대까지)

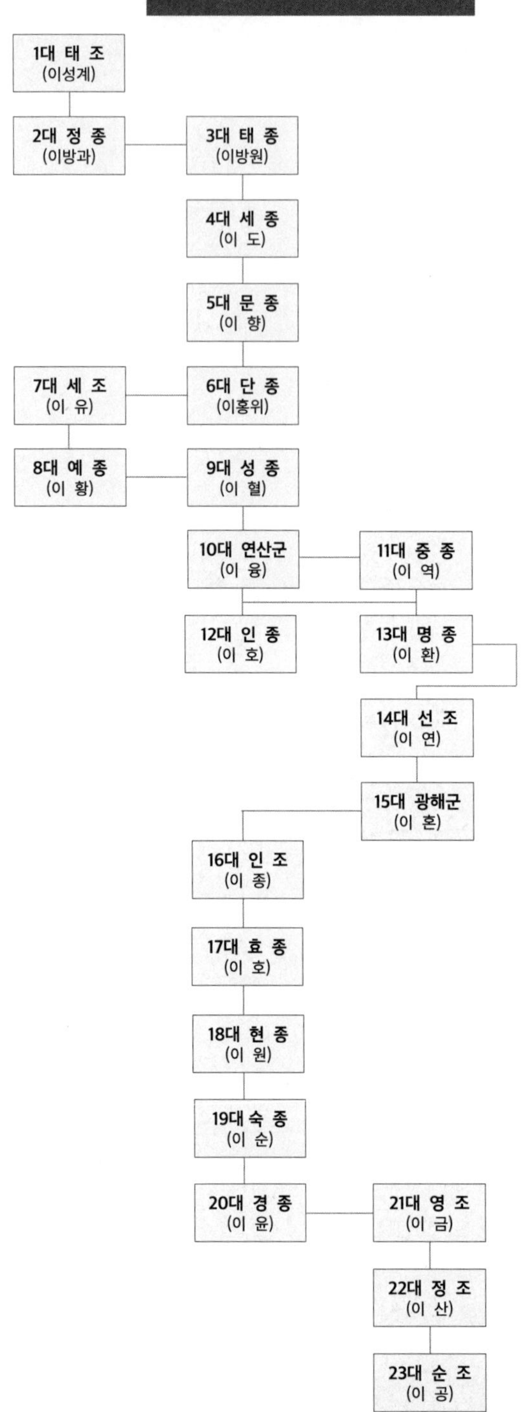

6

혁명의 바람

정전당 초대 당수 임꺽정

활빈당의 세력 범위는 이제 전국 팔도에 다 걸쳐 있었다. 전체의 무리는 2천 명을 넘어섰다. 주요 세력 범위는 삼남과 경기 지방이었지만 강원 지방까지로 뻗어 있었다. 홍동필은 진즉부터 체계를 가다듬어야 한다고 생각했다. 홍동필은 각 지역의 소두목들을 본채가 있는 금강산으로 불러들였다.

홍동필은 앞으로 팔도를 기준으로 도의 무리를 연聯이라 하고 그 우두머리를 연장이라 할 것이며, 무리가 웅거하는 주요 산의 무리를 초哨라 하며 그 우두머리를 초장이라 할 것이라 했다. 각 초에서는 남녀노소 구별 없이 16세 이상이면 1인 1표를 행사해 초장을 뽑을 것이라 했다. 그리고 그 초장들이 모여 연장을 뽑을 것이라 했다. 장의 임기는 2년 단위로 하며, 연임에는 제한이 없을 것이라 했다.

전국의 연장과 초장이 모여 당수를 뽑기로 했다. 동필이 이제 연로해 더 이상 우두머리를 할 수 없는 상황이었다. 그

때 강원의 연장으로 홍윤길이 뽑혀 있었고, 경기의 연장으로 임꺽정이 뽑혀 있었다. 이 둘이 우두머리 자리를 다투고 있었다. 홍동필은 내심 윤길이 우두머리 자리를 이어나가길 바랐고, 이변 없이 그리 될 거라 생각했다.

그런데 표로 쓰인 나무패 무더기를 나눠 세어 보니 임이라 쓰여 있는 나무패가 홍이라 쓰여 있는 나무패보다 세 개 더 많았다. 이변이 일어난 것이었다. 새롭게 출발하는 것이니만큼 홍길동, 홍동필에 이어 홍윤길로 이어지는 부자 세습을 끝내야 한다는 여론이 일었던 것이다.

활빈당은 정전당으로 이름을 바꾸기로 했다. 그리고 최세진이 정리한 대로 강령을 채택했다. 임꺽정이 초대 정전당의 당수로 등극했다. 임꺽정은 초대 정전당의 당수이자 경기 지역의 연장을 겸임했다.

이호의 느닷없는 죽음과 두 차례의 사화

김안로 일파가 제거된 이후에도 궁궐의 혼란상은 여전했다. 세자의 모친 장경왕후 윤씨는 세자를 낳고 산후병으로 사망했다. 새로운 왕비로 종6품 부사과 윤자임의 딸이 간택되었다. 아비의 관직이 낮았으나 세자의 외숙부 윤임의 힘이 작용해 왕비로 간택될 수 있었다. 왕비는 세자를 각별하게 대했다. 그러나 왕비는 네 명의 공주를 낳은 끝에 서른네 살의 늦은 나이에 경원대군을 낳고서는 태도가 돌변했다. 이때부터 세자를 둘러싼 윤임 세력과 경원대군을 둘러싼 왕비, 왕비의 오빠인 윤원로, 왕비의 남동생 윤원형 세력의 대립과 갈등이 일어났다. 윤임 세력은 대윤, 왕비 문정왕후 일파는 소윤이라 불렸다.

세자에 대한 왕비의 태도는 적개심에 가까웠다. 왕비는 세자를 제거하고 자신의 친자 경원대군을 세자로 세우고 싶어 했다. 한번은 동궁에 화재가 일어나 세자가 불에 타 죽을 뻔한 사건이 일어났다. 세자는 불을 꺼야 할 멸화군滅火軍이

불 끌 생각을 안 하는 것을 보고 이 모든 일이 왕비가 저지른 것임을 알게 됐다. 세자는 "어머니가 나의 죽음을 원하시니 그에 따르는 것이 효가 아니겠는가"라며 체념해 죽으려 했다. 하지만 아버지 이역이 애타게 부르는 소리에 아버지에게 불효할 수 없다며 밖으로 나와 죽음을 간신히 면했다.

이역은 39년을 재위하고 노환으로 생을 마감했다. 세자인 이호가 왕위를 계승했다. 이호는 성리학에 심취해 있던 임금이었다. 충효에 엄격하고 솔선수범하는 임금이 되어야 한다고 생각했다. 대비의 포악함이 날로 더해 이호를 만나면 "우리 모자를 언제 죽일 거냐? 죽이려거든 당장 죽여라!"며 대들 정도였지만, 이호는 대비를 어머니로서 극진히 모시려 했고, 열아홉 살 차이가 나는 동생 경원대군을 잘 보살피려 노력했다.

그런데 이호가 왕위에 오른 지 9개월도 안 돼 사망했다. 아버지 중종대왕을 잃은 슬픔 때문에 음식을 거의 먹지 못한 데다 대비로부터 받는 심리적 압박, 선천적으로 허약한 몸, 격무 등이 겹쳐 느닷없이 사망한 것이었다.

이호의 후사가 없어 열두 살의 경원대군 이환이 왕위에 올랐다. 생모인 대비 윤씨의 수렴청정이 시작됐다. 이환이 임금이 되자 득세했던 대윤 일파는 위기감을 느꼈다. 대윤 일파는 윤원로를 귀양 보내는 것으로 공격을 시작했다. 대비는 바로 반격에 나서 윤임 일파를 처단했다.

이어 양재역 벽서 사건으로 정미사화가 일어났다.

"여주女主가 위에서 정권을 잡고 간신 이기 등이 아래에서 권세를 농간하고 있으니 나라가 장차 망할 것을 서서 기다리게 되었다. 어찌 한심하지 않은가."

이러한 익명의 벽서가 나붙자, 소윤이 대윤을 쓸어 버리려 자작극을 벌였다는 소문이 돌았다. 이 일로 윤임 일파의 잔존 세력이 완전히 제거되었다. 이때의 일로 퇴계 이황의 형 이해는 귀양을 갔다 병으로 죽었고, 이황도 홍문관 전한에서 파직당했다. 이황은 곧 복직했으나 병을 핑계로 낙향했다.

보우와 정난정

정난정은 부총관 정윤겸의 딸로 태어났다. 그러나 어머니는 관기官妓로 관노비 신분이었다. 이른바 얼녀孼女로 태어난 것이다. 정난정은 어려서부터 얼녀에 대한 차별을 뼛속 깊이 느끼며 자랐다. 아버지를 아버지라 부르지도 못했다. 정윤겸 가내의 노비들과 별반 다르지 않은 대우를 받았다. 그러나 정난정은 머리가 영특했다. 어머니에게 정음을 배웠고 나중에는 정음당에 들어가 정식 교육을 받았다.

보우는 양반가의 서얼 출신으로 속명은 김경찬이었다. 어머니는 사노私奴 출신이었다. 보우는 자라나면서 서얼 차별로 과거를 볼 수 없다는 사실을 알고 절망했다. 입신양명을 늘 꿈꿔 왔던 그였다. 자신의 신세가 싫었고 세상이 싫었다. 그로 인해 어린 시절부터 방황을 많이 했다. 보우도 어머니에게 정음을 배웠고 정음당에 들어갔다. 그곳에서 정난정을 알게 됐다. 보우가 한 살 위였다.

보우는 기골이 장대하고 이목구비가 뚜렷했다. 정난정도

미색美色이라고 소문이 자자했다. 보우도 일찍이 소문으로 정난정에 대해 알고 있었다. 그런 정난정을 바로 눈앞에서 보게 될 줄이야. 보우와 난정은 서로가 같은 처지임을 알고 동병상련同病相憐의 감정을 느꼈다. 그러다가 서로 연정을 느끼게 됐다.

보우가 열네 살이 되었을 때 난정에게 서로의 인생을 완전히 바꿔 놓을 제안을 했다. 보우는 2년 전 길거리에서 우연히 용문사에 적을 두고 있는 지행 스님을 만나게 되었다. 지행은 보우의 얼굴을 보고 범상치 않음을 느꼈다. 보우와 몇 마디 얘기를 나누고 나서는 얼굴뿐만 아니라 생각도 범상치 않다고 생각했다. 서얼 출신만 아니라면 나라의 큰 동량棟梁이 될 인물이라 생각했다.

지행은 임꺽정이 이끄는 정전당의 일원이었다. 임꺽정은 정전당의 당수가 된 이후 불교 쪽을 핵심적인 세력 확장의 대상으로 삼고 노력을 아끼지 않았다. 불교는 조선의 숭유억불 정책으로 차별을 받고 있었던 데다 스님들 대다수가 서얼 출신, 중인 출신이었던 것이다. 신분 차별에 억눌리다 속세를 떠나 스님이 된 경우가 많았다. 게다가 불교계는 정음을 자신들의 글자로 삼은 지 오래였다. 문자의 평등과 차별 철폐, 대동세상을 이루는 데 정전당과 불교계는 뜻을 같이할 수 있다고 판단한 것이었다. 임꺽정을 비롯한 정전당의 노력으로 전국의 주요 사찰 중 다수가 중종의 치세 말엽에는 정전당에 우호적이었고, 스님 중에 정전당에 가입해 활동하는 이들도 꽤 많아졌다.

지행은 보우에게 정전당에 대해서, 정전당의 이상에 대해, 그리고 홍길동과 임꺽정에 대해 말해 주었다. 보우는 그날 이후로 정전당에 관심을 갖게 됐다. 한번은 용문사를 찾아가 10일 동안 지행과 숙식을 함께하며 지내기도 했다. 그리고 마침내 결심을 했다. 정전당에 들어가기로 마음을 굳힌 것이었다. 지행은 임꺽정이 있는 금강산 산채로 들어갈 수 있도록 다리를 놓겠다고 약속했다.

보우는 난정에게 가족을 버리고 정전당에 들어가 신분 차별이 없는 대동세상을 만드는 데 힘을 보태자고 제안했다. 정전당 안에서는 남녀노소, 적서의 차별이 없다는 것을 강조했다. 난정은 처음에는 머뭇거렸지만 보우와 함께하기로 했다. 난정은 보우와 운명을 같이하고 때가 되면 보우와 가정을 이루리라 마음을 먹었다. 지행의 안내로 보우와 난정은 금강산으로 가 임꺽정을 만났다. 임꺽정이 반갑게 맞아주었다.

그런데 난정에게 청천벽력 같은 일이 벌어졌다. 보우가 지행의 권유를 받아들여 스님이 되기로 했다고 선언한 것이다. 마하연암에 출가하기로 했다는 것이었다. 보우의 결정을 듣고 난정은 한없이 울었다.

"어쩌란 말입니까? 나는 오라비만 의지하고 왔는데 이제 출가한다면 나는 진정 어쩌란 말입니까? 수없이 많은 날을 오라비와 혼인해 아들딸 낳고 잘살 날만을 손꼽아 왔는데 나는 어쩌란 말입니까."

그러나 보우의 결심을 돌릴 수는 없었다.

임꺽정, 봉기를 결심하다

정전당 세력은 점차 확산돼 당원 수가 5천 명을 넘어섰다. 전국의 산채에 있는 당원이 대략 3천이었고, 민가에 있는 당원이 대략 2천이었다. 이제 노략으로 정전당을 유지하기가 불가능한 상황이었다. 화전을 일궈 식량을 충당하고 있었지만 무리가 늘어나면 금방 한계가 드러날 것이었다. 당원 수가 많아지면서 당의 비밀을 유지하기도 갈수록 어려워지고 있었다. 임꺽정은 이제 암약하는 단계에서 과감하게 봉기로 넘어갈 단계라고 생각했다.

지진과 가뭄 등이 빈발해 민생고가 심각한 상황이었다. 신분 몰락도 속출해 노비 수가 늘어나고 있었다. 게다가 왜구가 극성을 부려 을묘년에는 전라도와 제주도 지방을 쑥대밭으로 만들어 놓았다. 토지에 매기는 세금도 늘었고, 공납은 완전히 문란해져 있었다. 군역도 엉망이기는 마찬가지였다. 유랑하며 문전걸식하는 백성이 날로 늘어갔다. 그런데도 조정은 백성들의 민생고는 아랑곳하지 않고 권력 다툼을 하며 날을 새고 있었다. 민심은 가히 폭발 직전이었다. 조선은 폭풍 전야의 상황이었다.

임꺽정은 봉기를 일으키기 전에 조정의 핵심부에 당원을 침투시키는 계획을 세웠다. 각 지방의 관아에 비밀 당원들을 확보했지만, 그때까지 조정의 핵심부에는 접근할 수 없었다. 하지만 봉기의 성공을 위해서는 반드시 필요한 일이었다.

임꺽정은 그동안 보우와 정난정을 눈여겨보고 있었다. 조선의 왕실, 특히 내명부는 불교에 우호적이었다. 지금의 대왕대비도 불교에 심취해 있는 것으로 알려져 있었다. 임꺽정은 표훈사에 있는 보우를 불러서는 대왕대비에게 접근하라는 밀지를 내렸다. 함경도 관찰사인 정만종이 다리를 놓을 것이라 일렀다. 정만종은 대왕대비의 측근이었지만, 사실 정전당의 비밀 당원으로 최고위직에 있었던 것이다.

임꺽정은 정난정에게도 밀명을 내렸다. 윤원형이 베푸는 주연 자리에 참석하라는 것이었다. 대왕대비의 동생이자 실권자인 윤원형이 가장 신뢰하는 관기인 단심이 다리를 놓았다. 단심은 궁중 연회에 참석하는 일패 단원이었는데, 사실 정전당의 비밀 당원이었던 것이다. 임꺽정은 일패 출신으로 산채에 들어와 있던 여자 당원에게 난정에 대한 교육을 맡겼다.

몇 년이 지나 보우는 대왕대비의 추천으로 봉은사 주지가 되었다. 보우는 대왕대비에게 사림의 발호를 막을 방법으로 불교 세력을 등에 업을 것을 주장했고, 대왕대비는 이를 받아들였다. 정난정은 윤원형의 첩이 되었다가 윤원형의 정실부인 김씨를 내쫓고 그 자리를 차지했다. 그리고 이듬해 김씨 부인을 독살했다. 자신의 임무를 위해서는 어쩔 수 없는 선택이라 여겼다. 정난정은 정경부인이 되었다.

난정은 악녀가 되어야 했다. 윤원형을 악마로 만들고 자신도 천하의 악녀가 되어야 했다. 민심을 끓어오르게 할 방책이었다. 난정은 윤원형을 부추겨 갖은 악행을 저지르게 했다. 무단으로 남의 재산을 빼앗고 뇌물을 받게 했다. 난정 자신도 기우제를 지낸다며 굶주린 백성들 앞에서 쌀밥을 물고기에게 던져 주는 기행 등을 해 백성들로부터 악녀로 지탄받았다. 정난정은 봉기를 위해 최고의 연기자가 되어야 했다.

지행과 이이

이이李珥는 천재였다. 책을 읽을 때 무려 열 줄을 한 번에 읽는 놀라운 능력을 가진 신동이었다. 열세 살의 나이로 진사시에 합격했다. 그런데 열여섯 살 때 어머니 신사임당이 세상을 떠났다. 이이는 어머니 삼년상을 치른 후 인생사 허망함을 느끼던 차에 불교에 빠져들었다. 그때 찾아간 곳이 금강산에 있는 장안사였다. 의암이라는 법명을 얻었다. 당시 장안사 주지가 바로 지행 스님이었다.

어느 날, 이이는 지행과 이야기를 나눴다.

"의암은 일찍이 유학 공부에 몰두해서 진사시에 합격했다 들었는데 어인 일로 절에 들어오셨습니까?"

"어머니가 돌아가시고 나니 모든 일이 헛되다 생각되고, 유학의 도 속에서 그 허망함을 달랠 수가 없었습니다."

"불도佛道와 유도儒道가 같지 않아 혼란스러우실 겁니다."

"내세의 존재 여부에 대해 생각이 다를 뿐 근본적으로 수기修己를 중요하게 여기는 것은 다르지 않다고 봅니다. 저는 불가에 귀의할 생각은 하지 않고 있습니다. 이 방황이 끝나면 본래의 위치로 돌아가야겠지요."

"입신양명해야겠지요. 의암은 벼슬아치가 돼 어떤 세상을 이루고 싶으십니까?"

"백성을 근본으로 여기는 왕도의 실현에 힘써야겠지요."

"왕도의 실현으로 지금 도탄에 빠진 백성들을 구제할 수 있다고 보십니까?"

"요순우탕과 주 무왕 시대와 같은 왕도의 전범이 있고, 조선에도 세종대왕과 같은 성군이 있어 태평성세를 구가하지 않았습니까."

"원래 왕의 자리는 세습되는 것이 아니었습니다. 핏줄을 따지지 않고 인덕이 있는 이에게 선양禪讓하는 것이었지요. 요순우 때까지는 그랬습니다. 우 임금도 그리하려 했지만 그의 아들 계가 왕위를 찬탈해 왕조를 세우면서 세습이 시작되지 않았습니까. 원래부터 왕조라는 것이 있었던 게 아닙니다. 주 무왕은 상나라 폭군 주왕을 토벌하고 주나라를 세웠지요. 맹자는 천명이 떠난 상나라를 멸하고 주나라를 세운 무왕의 역성혁명은 찬탈이 아니라 정당한 것이라고 말했습니다.

조선을 보십시오. 개국 이래로 태종대왕, 세종대왕, 세조대왕과 같은 성군이 있었지만 그렇지 못한 임금이 더 많았습니다. 연산군은 최악이었습니다. 지금 조선의 심각한 상황이 훌륭한 임금 한 명의 출현으로 나아질 수 있다고 보십니까? 썩은 나무는 밑동을 도끼로 쳐내야지요. 소승은 지금 혁명이 필요한 상황이라고 보고 있습니다."

"조선의 상황을 봤을 때 경장更張은 반드시 필요합니다. 그러나 혁명까지는 아닙니다. 혁명은 너무 많은 피를 부르고 오히려 그 혼란으로 인해 백성의 도탄을 더 가중시킬 수 있습니다. 지금 조선에 필요한 것은 왕도이지 혁명이 아닙니다. 저는 왕도의 실현을 위해 힘쓸 것입니다."

지행은 더 이야기하지 않았다. 이이가 자신의 생각을 바꾸지는 않을 것이었다. 이이는 정전당이라는 비적 무리가 불교 쪽과 연계돼 있다는 소문이 파다하더니만 지행과 같은 이들이 바로 그런 경우가 아닐까 의심을 했다.

동자승이 보우가 찾아왔다고 전했다. 지행은 반가운 마음에 신발을 신는 것도 잊고 맨발로 보우를 맞으러 갔다. 이이는 지행과 함께 스쳐가는 보우의 얼굴을 흘깃 봤다. 보우의 이목구비가 참 뚜렷하다는 생각을 했다. 한번 보면 좀체 잊히지 않을 얼굴이었다.

보우의 불교 진흥책과 승과 부활

조선의 왕실은 불교에 대해 배타적이지 않았다. 특히 역대 중전과 대비, 대왕대비들은 불교에 우호적이었다. 대왕대비인 문정왕후는 보우를 측근으로 중용하고는, 그를 통해 불교 진흥책을 폈다. 보우는 지금 대왕대비가 수렴청정을 하고 있고 조정의 실권자이기 때문에 사림의 반대를 물리치고 불교의 위상을 높일 수 있는 적기라고 보았다.

보우는 정전당 세력을 넓히고 공고화하기 위해서는 불교의 위상을 높이는 것이 반드시 필요하다고 생각했다. 불교는 여전히 백성들 사이에 뿌리를 내리고 있었고, 권위를 가지고 있어서 거사가 일어났을 때 불가의 움직임이 결정적일 것이라는 판단을 한 것이다.

대왕대비는 선종과 교종을 부활시켰고, 과거에 승과를 부활시켰다. 도첩제도 부활시켰다. 그리고 봉은사를 선종의 본산으로, 봉선사를 교종의 본산으로 삼았다. 보우는 판선종사 대도선자로 봉은사의 주지가 됐다. 사실상 선종의 종정이 된 것이다. 보우는 선종판사가 되어 윤원형 등의 도움으로 사찰 300여 개를 나라가 공인한 정찰淨刹로 만들었다.

보우가 가장 관심을 둔 것은 승과의 부활이었다. 조선 개국 후 승과 시험이 있긴 했지만 사림의 계속된 폐지 요구로 성종대왕 때 유명무실화됐고 연산군 때 폐지됐던 것이다. 그런데 이를 부활시킨 것이다. 보우는 승과 시험을 통해 국가가 공인하는 불교 지도자를 만들고자 했다. 매번 시험 때마다 2,600명의 합격자를 배출했다. 세 명 중 한 명은 정전당 당원들이었다. 이때 승과에 합격한 휴정과 유정이 불가의 대표적인 정전당원이었다. 승과를 통해 정전당원 불자들의 위상을 높이려 한 것이었다.

정전당 봉기하다

1562년 1월, 임꺽정은 전국의 정전당 연장과 초장들에게 소집령을 내려 금강산 본채에 모두 모이게 했다. 임꺽정은 마침내 봉기할 때가 왔다고 생각했다. 몇 년 전부터 정전당 지도자들에게 봉기의 시기를 모색하고 있다는 얘기를 줄곧 해왔기 때문에 새삼스러운 것은 아니었다.

정전당의 강령대로 정전제로 토지를 개혁하고, 정음의 공용문자화, 서얼에 대한 차별 철폐, 노비와 천인 신분 철폐, 남존여비 혁파, 불교 차별 철폐로 대동세상을 만들자는 기치를 내걸기로 했다. 왕조 타도는 바로 내세우지 않고 조정에 정전당의 강령을 받아들여 경장을 할 것을 촉구하기로 했다. 모든 봉기 참여자들은 '민본'이라 쓴 흰색 두건을 두르도록 했다.

봉기는 조선 전역에서 동시다발적으로 일으키되, 먼저 관아들을 습격해 무기와 식량을 확보하고 대토지 소유자들의 땅과 가옥을 몰수하도록 했다. 점령한 지역에는 민본청을 설치하고, 임시로 각 지역의 연장과 초장이 청장을 맡아서 정전당의 강령을 실천하기로 했다. 땅은 농사를 직접 짓는 농민들에게 분배하고, 공노비와 사노비 모두 노비첩을 불사르고, 천인들은 면천하도록 했다. 또 아녀자들도 상속받을 권리를 갖게 하기로 했다. 또한 민본청의 모든 문서는 정음으로 쓰도록 하고, 백성이 민본청에 올리는 문서도 정음만을 사용하도록 했다. 사적인 보복은 절대 금하고, 모든 처벌은 민본청의 형부刑部에서 정식 절차를 거치도록 했다.

3월 5일을 기점으로 전국에서 동시다발적으로 봉기가 일어났다. 스님들이 봉기의 선봉에 섰다. 휴정과 유정도 가담했다. 곳곳에서 격전이 벌어졌다. 조정은 전국에서 동시다발적인 봉기가 일어나자, 무척 당혹스러워했다. 조선 역사상 처음 있는 일이었다. 대규모 토벌군을 편성할 수 있는 상황이 아니었다.

임금 이환은 조정을 비변사 중심 체제로 개편하고, 북쪽 변방의 군사를 차출해 경기와 황해도 방어에 진력하면서 각 도의 관찰사들에게 토벌군을 편성해 반란을 진압하라 명을 내렸다. 봉기 지도자들의 목을 가져오는 자에게는 벼슬과 포상금, 토지를 주겠노라 약속했다. 임꺽정의 목에는 특별히 10만 냥의 포상금을 걸었다. 그리고 반역에 가담했다 잡힌 자들은 현장에서 바로 참형을 실시하라 명했다.

정전당은 관의 행정력이 떨어지는 서북·동북 방면에서 급격히 점령지를 넓혀 나갔다. 봉기 후 1년쯤 지나자 함경도와 평안도, 강원도 전체의 3분의 1 지역을 장악했다. 그러나 경기와 황해도는 관군의 위세에 밀려 좀처럼 장악하지 못했다. 삼남 지방에서는 지리산 일대의 함양, 산청, 하동, 남원, 구례와 내장산 일대의 정읍, 고부, 대인, 순창, 장성 지역을 장악했다. 그리고 충청도에서는 계룡산 일대의 유성, 공주, 연산 등을 점령했다.

임꺽정은 경기 지역에 대한 공세를 강화하고, 각 도의 감영을 점령하라 독려했다. 1557년 6월에는 충청도의 충주 감영과 함경도의 함흥 감영, 강원도의 원주 감영을 점령했다. 이때 임꺽정은 금강산 산채에서 충주 감영으로 옮겼다. 정전당의 규모는 급속히 커졌다. 전국적으로 10만 명 정도가 입당했다 했다. 노비와 천인들의 참여가 두드러졌다. 전사자·부상자가 속출했지만 병력은 계속 충원되고 있었다. 정전당이 점령한 지역에서는 토지개혁과 신분개혁 등의 조치를 크게 환영했다.

관군이 체계를 잡아 가면서 반격이 시작됐다. 정전당의 군대도 날이 가고 해가 갈수록 전투 경험이 많아지면서 관군 못지않았다. 밀리고 밀리는 치열한 싸움이 이어졌다. 임꺽정은 보우와 정난정을 통해 조정의 움직임과 관군의 작전 등 중요한 정보를 얻고 있었다. 임꺽정은 생각했다. 보우와 난정이 있었기에 그나마 오랜 전쟁에서 밀리지 않고 맞설 수 있었다고. 보우와 난정이 잘 버티기만을 바랐다.

이제 조선은 이환의 나라와 임꺽정의 나라로 나뉘었다 해도 과언이 아니었다.

보우와 정난정의 죽음

1565년 대왕대비가 65세의 나이로 사망했다. 불교 행사를 위해 목욕재계하다 독감에 걸려 사망에 이른 것이었다. 대왕대비는 "주상이 불교를 박해하면 신하들이 막아야 한다"는 유언을 남겼지만 아무 소용이 없었다.

사실 사대부들에게는 보우라는 요승을 끼고 불교를 진흥시킨 대왕대비가 눈엣가시였다. 보우는 절에서 난동을 부렸다 하여 유생 황언정을 처벌하게 했는데, 이 일로 사대부와 유생들의 보우에 대한 적대감은 이루 말할 수 없을 정도로 커졌다. 그 때문에 대왕대비가 보우의 든든한 뒷배가 돼주었지만 보우를 처벌하라는 상소가 끊이지 않았다. 결국 대왕대비의 죽음은 보우의 죽음을 부르게 돼 있었고, 윤원형과 함께 정난정의 죽음을 부르게 돼 있었다.

대왕대비가 사망하자, 아니나 다를까 보우의 처벌과 불교를 배척해야 한다는 상소가 빗발쳤다. 잇따른 상소에 이환은 보우의 승직을 박탈하고 경기 소재의 사찰 출입을 금지했다.

보우를 죽여야 한다는 상소가 쇄도하자, 보우는 원주 한계산 설악사로 가서 은거했다.

결정타는 이이가 날렸다. 이이는 과거시험에 응시해 장원만 아홉 번을 차지했다고 해서 '구도장원공'이라 불리었다. 조선 최고의 천재로 알려져 있던 이이는 사림의 거두가 될 것이라는 기대가 자자했다. 이런 이이가 〈논요승보우소論妖僧普雨疏〉라는 상소를 올려 보우를 귀양 보내야 한다고 주장한 것이었다. 임금도 이이의 상소를 무시할 수 없어 보우를 제주로 귀양 보냈다.

이이는 스물아홉 살에 대과에 장원급제해 호조정랑의 벼슬을 얻었다. 그 후 두세 차례 보우의 얼굴을 본 적이 있었는데, 그럴 때마다 낯이 익다는 생각을 했다. 어느 날 문득 이이는 자신이 금강산 장안사에 있을 때 보우를 본 적이 있다는 기억이 떠올랐다. 지행 스님이 보우가 왔다며 환한 얼굴로 뛰어나갔고, 지행과 함께 자신을 스쳐 지나갔던 사람이 보우라는 사실을 기억해 낸 것이다.

이이는 정전당이 난을 일으키자 몹시 분노했다. 그들은 결국 왕조를 엎으려 하는 게 아닌가. 용납할 수 없는 일이었다. 정전당의 모반에 지행이 앞장서고 있다는 것을 이이는 들어 알고 있었다. 그렇다면 저 보우라는 작자도 정전당 패거리란 말이 아닌가! 이이는 이환에게 요승 보우를 제주도로 귀양 보내라는 상소를 올렸다. 그리고 자신이 파주목사 시절 사사한 제자였던 제주목사 변협에게 따로 전통을 보내 “사직을 위해서 보우를 반드시 죽여야 한다”고 일렀다.

보우는 자신의 죽음이 임박했음을 알고 시를 한 수 지었다.

허깨비가 허깨비 마을에 위장잠입하여
오십여 년 연극 배우로 미치광이 배역 맡았네
인간세계 영욕의 일 실컷 희롱했으니
꼭두각시 몸 버리고 푸른 우주 허공을 올라가노라

보우는 정난정을 생각하며 눈물을 떨구었다. 그랬다. 보우 자신, 그리고 정난정은 연극 배우로 와 세상을 회롱하다 이제는 우주 허공으로 가야 했다.

‘난정아, 나 또한 너만큼이나 너를 사랑했단다. 너의 지아비가 되어 평생 살아갈 것을 생각할 때마다 가슴이 뛰어 잠 못 이루고 밤을 하얗게 새웠지. 몇십 번이고 중이 되지 않겠노라 다짐하고 다짐했지만 출가해 머리 깎을 운명을 벗어던지기가 죽을 만큼 어려웠단다. 너와 행복에 겨워 살기보다는 나와 같은 수만의 얼자, 너와 같은 수많은 얼녀들이 차별받지 않는 세상을 위해 살아가야 한다 마음먹었고, 그 길을 가기 위해서는 속세의 인연을 다 버리고 스님이 되어야 했지.

사랑하는 난정아, 사랑한다는 말조차 네게는 미안해서 하지 못하겠구나. 우리 죽거들랑 내세에서는 꼭 지아비, 지어

미로 만나 한평생 행복하게 살자꾸나.'

정난정은 종으로부터 금부도사가 자신을 끌고 가기 위해 집 앞에 와 있다는 말을 들었다. 난정은 순간 보우 스님, 김경찬을 떠올렸다. 세상에서 유일하게 사랑했던 사람…. 부질없는 일이었다. 그러나 사모의 감정만은 숨이 끊어지기 전까지 떨궈지지 않았다. 난정은 독약을 들이켰다. 몸이 타들어가는 고통이 엄습했다. 난정은 그 고통을 잊기 위해 어린 시절의 김경찬 얼굴을 떠올렸다. 난정은 숨이 끊어지기 전에 마지막 웃음을 지을 수 있었다.

임꺽정은 보우와 난정의 죽음에 대해 보고받았다. 임꺽정은 비통한 마음을 감출 수 없었다. 그들의 죽음이 자기 때문이라는 자책이 몰려왔다. 임꺽정은 알고 있었다. 보우와 난정이 서로 연모했다는 것을. 그러나 혁명의 대의를 위해 그들을 억지로 갈라놓아야 했다. 임꺽정은 어떤 어려움이 있더라도 반드시 보우와 난정의 시신을 수습해 금강산 산채 양지바른 곳에 나란히 묻어 주라 명했다.

별동대가 구성돼 파주의 윤원형 묘 옆의 정난정 묘를 파고 시신을 꺼내 금강산으로 옮겼다. 또 다른 별동대는 제주도로 가서 수소문한 끝에 아무렇게나 매장된 보우의 시신을 찾아내 수습했다. 그리고 무덤 앞에 '민본의 큰 뜻을 위해 희생하다'라고 새긴 비석을 세웠다.

이환의 죽음과 이연의 등극

이환은 어머니 대왕대비 윤씨로부터 끊임없는 심리적 압박을 받았다. 8년간은 대왕대비 윤씨가 수렴청정을 했으므로 어머니가 사실상 임금이었다. 대왕대비는 수렴청정이 끝나고도 자신의 동생 윤원형을 동원해 국사를 좌지우지했다. 이환은 기를 펼 수가 없었다.

그러던 대왕대비가 사망했다. 이환은 먼저 윤원형을 숙청했다. 그리고 보우를 죽이고 억불 정책을 실시했으며, 신진사림들을 등용했다. 이이·이황이 사림의 대표자로 자리매김하고 있었다. 이환은 이제 임금으로서의 권위를 본격적으로 세울 시기가 도래했다 생각했다. 그런데 몸이 문제였다. 이환은 울화병과 소화불량에 시달렸다. 대왕대비가 사망하면 나아질 줄 알았건만 삼십대 초반의 나이에 접어들면서 병증이 더 심각해졌다.

이환은 왕비 심씨와의 사이에서 아들 순회 세자를 낳았다. 그런데 그 애지중지하던 세자가 병에 걸려 열세 살의 나이에 죽고 말았다. 그 후로 갖은 노력을 다 했지만 원자를 얻지 못했다. 적통이 끊긴 것이다. 어쩔 수 없이 조카들 중에서 후계자를 택해야 했다. 이환은 중종의 아홉째 아들이자 서자인 이복동생 덕흥군의 삼형제를 유심히 보고 있었다. 자주 궁에 불러 누가 임금에 적합한지 보았다.

하루는 이환이 덕흥군의 세 아들을 불러 임금의 모자인 익선관을 써보라 했다. 하성군 이연은 나이가 어리지만 영특했다. 이환의 마음에 쏙 들 기회가 왔다고 생각했다. 이연의 예상대로 형 하원군과 하릉군이 아무 생각 없이 익선관을 머리에 썼다. 다음은 이연의 차례였다. 이연은 "군왕께서 쓰시는 것을 어찌 신하 된 자가 쓸 수 있겠습니까"라고 말하며 손사래를 쳤다. 이에 이환이 흡족한 표정을 지으며 이연에게 물었다.

"임금과 아비 중에 누가 더 중한가?"

이연이 기다렸다는 듯이 답했다.

"임금과 어버이는 비록 같지 않으나 충효는 다를 것이 없습니다."

이날 이환은 자신의 후계자로 이연을 점찍었다.

이환의 병세가 심해졌다. 왕비 심씨는 이미 이환으로부터 후계자가 이연임을 들어 알고 있었다. 왕비는 이연에게 이환의 병 간호를 맡겼다. 이 일로 이연이 후계자임이 드러났다. 이환은 병석에서 어렵게 일어났으나 2년 후 다시 누웠고,

끝내 일어나지 못했다. 이환이 죽자 왕비 심씨는 이연을 후계자로 선포하고 이환의 양자로 입적시켰다. 조선 최초로 적통이 아닌 방계가 왕위를 잇게 된 것이다. 이때 이환의 나이는 서른네 살이었고, 이연의 나이는 열일곱 살이었다.

이연은 어린 나이임에도 임금이 되면 새로운 조선을 만들어야 한다는 생각을 하고 있었다. 임금이 된다면 정전당과의 내전을 조기 수습해 민생의 안정을 꾀해야 한다고 생각했다. 정전당을 역모 세력으로 몰아 배척해서는 해결의 기미가 보이지 않을 것이라 판단한 것이다. 과감한 타협책이 필요했다. 이연은 북방의 여진족과 남방의 왜구에게 백성이 시달리지 않으려면 국방력을 획기적으로 강화해야 한다고 생각했다.

또한 조선을 경장해야 한다고 생각했다. 경장하지 않으면 조선의 종묘사직을 유지하기 어려운 상황에 처해 있음을 뼈저리게 느끼고 있었다. 이연은 경장 군주가 되리라 다짐하고 또 다짐했다. 즉위하고 나서 1년 동안은 대비 심씨가 수렴청정을 했다. 1년 후 대비 심씨는 이연이 수렴청정을 더 할 필요가 없을 만큼 임금의 자질을 갖추고 있음을 확인하고 놀라움을 금치 못했다. 대비 심씨는 수렴청정을 거뒀다.

조광조의 복권

이연이 임금이 되었을 때는 훈구 공신들이 자연사 등으로 사라지고 사림이 정계의 주도 세력이 되었다. 사림은 중종 말년부터 조광조의 억울함을 호소하며 복권을 끊임없이 요구했다. 인종은 죽기 하루 전에 유언으로 조광조의 복권을 명했다.

이연이 즉위하자, 이황·기대승 등이 나서 조광조 추숭에 나서며 문묘에 종사從祀해야 한다는 요구를 거세게 했다. 이연은 조광조를 영의정으로 증직하고 문정文正이라는 시효를 내렸다. 그리고 기묘사화를 일으킨 장본인으로 지목된 남곤의 관작을 삭탈했다.

이연은 조광조의 복권을 사림의 희망에 부응하는 차원 그 너머까지 활용하겠다는 복안을 갖고 있었다. 조광조는 한전론限田論을 강력하게 주장했다. 그 방법이 정전제인지 균전제均田制인지는 명확하지 않았으나 토지 소유에 제한을 두자는 주장을 한 것만은 사실이었다.

이연은 국정의 안정을 위해서는 정전제 실시를 요구하는 정전당과 일정 정도 타협을 해야 한다는 생각을 하고 있었다. 당장은 아니지만 차근차근 준비를 해나가야 할 것이었다.

이연은 홍문관에 명했다.

“정암 조광조는 우리 조선의 도학에 새로운 지평을 연 성현聖賢이다. 정암의 복권은 정암 개인에 대한 복권일 뿐만 아니라 정암의 사상 전반에 대한 복권이기도 하다. 정암은 한전론을 주창했었다. 홍문관에서는 한전론과 관련한 고래의 주장들을 정리하고 정암의 주장에 비춰 앞으로 어떤 대책을 세워야 할 것인지 가다듬도록 하라.”

이이와 이황

이황은 어려서부터 학문에 두각을 나타냈다. 그런데 과거 급제에는 어려움을 겪었다. 23세에 성균관에 들어갔고 24세부터 과거 시험에 응시했으나 연거푸 세 번 낙방했다. 경상도 향시와 진사 시험 급제 후 34세에 비로소 문과 초시에 급제했다. 이후 9년이 지나 성균관 대사성에 올랐지만 정미사화 등 정치 풍파를 타면서 귀향과 귀경을 되풀이했다. 단양군수, 풍기군수 등의 외직을 전전하다가 50세에 고향 안동으로 완전히 귀향했다. 그리고 60세에 도산서원을 짓고는 후학 양성에 온힘을 쏟았다. 벼슬을 안 한 것은 아니지만 벼슬길이 순탄치 않았던 것이다.

이황은 주리론主理論을 정립했고 영남학파의 거두가 되었다. 주리론은 '수신제가修身齊家', '수기치인修己治人'을 강조했다. 영원불변의 도덕적 원리와 법칙인 이理를 깨닫고 그것을 실천하는 나를 통해 가정을 다스리고, 다른 사람들을 감화시키는 것을 중요하게 여긴 것이다.

이황은 기대승과의 '사단칠정 논쟁', 기일원론자인 서경덕, 심즉리心卽理를 주장하는 양명학파와의 논쟁과 비판으로 자신의 주리론과 심성론을 강화했다.

이황은 임금으로 즉위한 이연에게 〈성학십도〉를 올렸다. 임금은 심성 수양으로 내성외왕內聖外王의 경지에 이르러야 함을 강조했다. 덕치德治가 궁극적으로 이理에 합당하다는 것을 드러낸 것이었다.

이와 달리 이이는 주리론과 대비되는 주기론主氣論을 내세웠고 기호학파의 거두가 되었다. 이理의 절대성을 인정하면서도 현실은 이가 능동적으로 작용해서가 아니라 형체와 그 움직임 등으로 존재하는 기氣를 통해서만 움직인다고 본 것이다. 이이는 퇴계의 입장을 계승한 성혼과의 사단칠정 논쟁을 통해 자신의 주기론을 강화했다.

한편 이이는 이의 깨달음과 함께 기로 만들어진 현실을 개혁하는 것을 중요하게 여겼다. 개인의 깨달음을 넘어 정치 현실에 대한 적극적 참여와 변화를 강조한 것이다. 이이는 죽는 날까지 경장更張을 부르짖었다.

이이의 만언봉사

오랫동안 관군과 정전당의 교전은 지지부진한 상태를 벗어나지 못했다. 그러나 정전당이 공주 지역을 점령하면서 오랜 교착 상태에 균열이 생겼다. 공주가 점령됐다는 것은 경기도 코밑까지 정전당이 다다랐다는 말과 같았다. 조정과 민심의 동요가 심각해졌다. 이연도 상황의 위급성을 깨닫고 이를 타개할 지혜를 구하는 교지를 신하들에게 내렸다.

우부승지로 있던 이이는 이대로 가다가는 종묘사직이 위태로워질 수 있다는 위기감을 갖고 있었다. 이이는 그의 책 『성학집요』에서 왕조는 창업, 수성, 경장의 단계를 거친다고 했는데, 이이는 지금이야말로 조선에 경장이 필요한 때임을 절감했다. 이이는 임금에게 나라의 경장을 촉구하는 상소문을 올리기로 했다. 절절함이 1만 2천 자가 넘는 글자에 담겼다.

"살펴보건대 지금의 상황은 날로 잘못되어 가고 있고 백성들의 기력은 날로 소진되어 가고 있습니다. 권세 있는 간신들이 세도를 부렸을 적보다도 더 심한 듯하니 그 까닭이 무엇이겠습니까? 권세 있는 간신들이 날뛰던 시절에는 앞의 임금들이 남겨주신 은택이 어느 정도 다하지 않고 남아 있어서 조정의 정치는 혼란했다 하더라도 백성들의 힘은 어느 정도 지탱할 수가 있었습니다."

이이가 말하는 권세 있는 간신들이란 훈구파 공신들을 말하는 것이었다. 훈구파 공신들이 사라지고 사림이 전면에 등장했지만 그때보다 상황이 더 악화되었음을 지적한 것이었다. 이이는 민생에 집중해야 할 중차대한 시기에 사림이 당쟁에 빠져 있는 것을 한탄했다.

"오늘날에는 선왕들이 남기신 은택은 이미 다하고, 권세 있는 간신들이 남겨놓은 해독이 작용을 일으키고 있어 훌륭한 논의가 비록 행해진다 하더라도 백성들의 힘은 바닥이 나 버렸습니다."

이이는 나라가 어려워진 이유가 상하上下의 신뢰, 관리들의 책임감, 경연經筵의 운영, 인재 등용, 재해 대책, 백성의 복리 증진, 인심의 교화에 있어 실實이 없기 때문이라고 말했다. 그 해결을 위해서 수신修身의 요체로 분발·학문·공정을 들었고, 어진 선비를 가까이 해야 한다고 강조했다. 안민安民의 요체로는 개방적인 의견 수렴, 공안貢案 개혁, 사치 풍조 개혁, 선상제도選上制度의 개선, 군정軍政 개혁 등을 열거했다.

공안 개혁을 위해서 연산군 때 공물이 늘어나고 불산공물不産貢物이 증가했으니 호구를 조사해 공물액을 다시 책정할 것을 제안했다. 지방에서 올라와 일정 기간 한양의 각 사에서 근무하게 하는 제도인 선상選上은 돈을 주고 다른 사람을 세우는 대립제가 성행하니 선상을 폐지하고 신공身貢을 정부에서 일괄수거해 각 사에 분배할 것을 주장했다. 또한 지방관인 병사·수사水使·만호 등에게 봉급을 지급해 방군수포放軍收布의 폐단을 줄이고, 군사의 서북 북경 지대 파견 근무인 부방을 폐지하고 국경 지방에서는 현지에서 주민들을 훈련시켜 능력이 뛰어난 자는 노비라도 권관으로 등용할 것 등을 주장했다.

"마음으로 정성을 다하여 해결책을 구한다면 꼭 들어맞지 않는다 해도 아주 엉뚱한 결과가 생기지는 않을 것이며, 능력이 부족하다 하더라도 스스로 구체책을 마련할 수 있을 것입니다. 하물며 지금 전하께서는 권세를 잡고 계시고 사리에 밝으시며, 시국을 구원할 능력이 충분히 있으시니 무엇을 걱정하시겠습니까? 소신은 나라의 두터운 은총을 받아 백번 죽는다 해도 보답하기 어려운 정도이니, 진실로 나라에 이익이 된다면 끓는 가마솥에 던져지고 도끼로 목을 잘리는 형벌을 받게 된다 하더라도 신은 피하지 않겠습니다."

"더구나 지금 전하께서는 언로를 넓게 열어놓고 의견을 거리낌없이 받아들이시기에 그 친서를 내리심이 간절합니다. 신이 만약 발언을 하지 않는다면 실로 전하를 배반하는 셈이 되겠기에 충정의 마음을 극진히 말씀드렸습니다."

"전하께서 신의 계책을 채택하신다면 그것을 능력 있는 사람에게 맡기시고, 정성으로 그것을 시행하며 혁신으로 지켜 나가 주십시오. 다만 습속을 따르고 전례나 지키려는 의견들 때문에 바꾸시지 말고, 올바른 것을 그르다 하며 남을 모함하는 말 때문에 흔들리는 일은 없어야 하겠습니다. 이렇게 하시어 3년이 지나도 나라가 발전이 없고, 백성들이 생활의 안정을 찾지 못하며, 군대가 정예화되지 않는다면, 신을 기만한 죄로 다스리시어 요상한 말을 하는 자들의 훈계가 되도록 하여 주십시오. 신의 진언이 지나칠 정도로 과격하다는 것을 절실히 느끼므로 황송함을 억누를 수 없습니다."

6년 전에 이황은 이연에게 〈진성학십도차병도〉를 올렸었다. 임금의 자리의 엄중함과 도학에 충실한 수신修身을 진언하는 그림으로 된 상소문이었다. 이연은 즉위하면서 대유大儒로 칭송받고 있던 이황에게 무너진 교육을 세우고, 타락한 풍속을 바로잡아 달라며 예조판서를 제수했다. 이이도 예조판서 자리를 마다하고 고향에 은거하려는 이황을 만류했으나 이황은 끝내 병을 핑계로 고향으로 내려가 버렸다. 대신 〈성학십도〉 상소문을 올린 것이었다.

이황은 〈성학십도〉 이전에 〈육조소六條疏〉라는 상소문을 올렸었다. 계통을 중히 하여 인효仁孝를 온전히 할 것, 참소와 이간을 막아서 세자와 세자빈을 친근하게 할 것, 성학聖學

을 돈독히 하여 정치의 근본으로 확립할 것, 도술道術을 밝혀 인심을 바로잡을 것, 복심腹心에게 맡기고 이목을 통하게 할 것, 수양과 반성을 성실히 하여 하늘의 보살핌을 받을 것 등을 진언한 것이었다.

이연은 자신에게 진정으로 필요한 것은 이이의 상소라는 생각을 했다. 이이의 상소문이 다소 거칠어 언짢은 표현들이 있으나 자신에게 필요한 것은 경장의 비책이니만큼 받아들일 필요가 있다고 보았다.

이연은 이이를 만나야겠다는 생각을 했다.

이연과 이이, 경장을 논하다

이연이 우부승지 이이를 불렀다. 이연은 이이와 경장에 대해 속 깊은 얘기를 나눌 참이었다.

"우부승지가 올린 봉사封事는 잘 읽었습니다. 여러 번 읽어보았습니다. 경장이 없고서는 지금의 어려움을 헤쳐 나갈 수 없다는 우부승지의 생각은 과인의 생각과 같습니다. 특히 공납과 병역의 폐단을 시급히 고쳐야 한다는 말에는 과인이 공감하는 바가 큽니다. 지금 나라는 정전당 역도들에 의해 두 동강이 나 있습니다. 정전당이 진압되지 않고 날로 위세가 강해지고 있는 상황입니다. 설상가상으로 북쪽의 여진족이 발호하고 있고 남쪽으로는 왜구의 노략질로 민심이 흉흉합니다. 우부승지는 정전당 문제를 어떻게 해결하는 것이 옳다고 봅니까?"

"임꺽정을 비롯한 역모의 우두머리는 능지를 해도 시원찮을 것이나 정전당을 따르는 많은 백성들은 민생이 도탄에 빠진 현실 때문에 가담한 것입니다. 그들도 전하의 백성이기는 마찬가지입니다. 신이 보건대 정전당에 대해서는 진무鎭撫의 방책을 세워야 할 것이라 생각합니다. 무력으로 진압하는 것은 거의 불가능한 상황에 있습니다.

전하의 말씀대로 변경의 실태가 걱정입니다. 병화兵禍의 기미가 있습니다. 조선이 건국된 지 180년이 지나고 있습니다. 너무 오랫동안 평온함에 젖어 있었습니다. 정전당이 발호한 이때를 북쪽 오랑캐와 왜구가 놓칠 리 없습니다. 이 또한 철저히 대비해야 합니다. 그런 위기감 때문에 제가 경장의 필요성을 논하는 상소를 올린 것입니다."

"더 생각한 것이 있으면 기탄없이 말해 보세요."

"정전당 무리들은 자신들이 무단으로 차지한 곳에서 정전제에 준하는 조치들을 취하고 있습니다. 면천을 하고 노비첩을 불태우고 있습니다. 이에 백성들이 환호하고 있습니다. 이를 무시하고 예전의 상태로 돌려놓는 것은 이제 불가합니다. 먼저 토지제도를 손봐야 합니다. 그래서 정전당의 무리를 전하의 백성으로 되돌려 놓아야 합니다. 그렇다고 저들의 주장대로 정전제를 받는다면 이 또한 양반사대부들이 그대로 받아들이기 어려울 것입니다. 중용의 자세가 필요합니다. 백성들을 위로하면서도 사대부들이 크게 저항하지 않을 중용의 방책을 세워야 합니다.

토지제도와 관련해 반드시 생각해야 할 것은 나라의 창고를 튼튼히 하는 것입니다. 조선의 건국은 역성혁명임과 동시에 토지제도의 혁명이었습니다. 고려 말 권신들과 절들이 보유한 대토지를 몰수해 나라의 재정을 튼튼히 하고, 신료들에게 과전을 배분하며, 아래로는 도탄에 빠진 백성들의 민생 안정을 도모했습니다. 그러나 과전의 폐단이 생겨 현직에 있는 신료들에게 토지를 분배하는 직전법을 시행하고, 왕실이 보유한 토지가 부족해 관수관급제官收官給制로 돌렸으나 이제는 한계에 이르렀습니다. 나라의 토지를 확충하지 않고서는 문제를 해결할 수 없는 지경입니다. 재정이 튼튼해야 군역에 종사하는 이들의 생활을 보장할 수 있습니다. 그렇지 않으면 대립과 방군수포의 폐단은 더 들끓을 것입니다.

전하께서 정암을 복권하면서 홍문관에 정암이 주장한 한전제에 대해 의논하고 그 결과를 올리라고 하셨습니다. 이는 지극히 현명하신 판단입니다. 토지제도 개혁은 정전당 문제에 대한 해결책이면서 민생을 구하는 수단이고, 국가의 재정을 튼튼하게 하고 나라를 병화로부터 구할 중요한 계책입니다.

정전당의 반역은 조정의 큰 근심이지만 군사들을 실전에서 단련시키는 계기가 된 것도 사실입니다. 또한 정전당의 무리들을 나라의 병력에 흡수시킨다면 전화위복의 기회가 될 수도 있습니다. 재정 문제를 해결해 10만의 정예 군사를 양병하고 병장기를 갖춘다면 조선은 함부로 넘볼 수 없는 나라가 될 것입니다."

"우부승지가 내 옆에 있다는 것이 내게 크나큰 복입니다. 우부승지와 함께 뜻을 모을 수 있는 이들을 모아 정책을 마련해 주셨으면 합니다. 과인이 우부승지의 든든한 뒷배가 될 것입니다."

"성은이 망극하옵니다. 전하의 성지聖旨를 몸 바쳐 따르겠습니다."

「도산십이곡」과 「고산구곡가」

양반사대부들은 정음을 배척하고 한자만을 진서라 부르며 자신들의 문자라고 고집했다. 그런데 사림들의 존경을 받고 있던 이황과 이이가 정음으로 된 시조를 지었다. 조선을 대표하는 대유大儒인 이황과 이이가 정음으로 시조를 지었다는 것은 의외의 사건이었다. 『훈몽자회』 발간 이후 정음이 양반사대부에게도 알려지고 그 필요성이 인정됐던 것이다.

이황은 한시는 읊을 수 있으나 노래로 부를 수 없기에 우리말로 된 「도산십이곡」을 지었다고 밝혔다. 그러면서 「한림별곡」 같은 정음으로 된 노래들이 음란한 것들이 많아 자신이 직접 도학에 충실한 시조를 지었다는 의도를 드러냈다. 이황은 정음으로 시조를 썼을 때 자신의 뜻을 제대로 표현할 수 있음을 느꼈던 것이다.

연하煙霞에 집을 삼고 노을로 집을 삼고 풍월로 벗을 삼아
태평성대에 병으로 늙어가네
이 중에 바라는 일은 허물이나 없었으면 한다

옛 성현도 나를 보질 못했고 나도 옛 성현을 뵙지 못했네
고인을 뵙지 못했어도 그분들이 행하던 길이 내 옆에 있네
그 가던 길이 앞에 있으니 나 또한 아니 가고 어떻게 하겠는가

이이도 주희의 「무이구곡」을 본떠 정음으로 「고산구곡가」를 지었다. 이이가 43세 때 황해도 해주 석담에 은병정사를 짓고 은거할 때 지은 것이었다.

고산의 아홉 굽이 도는 계곡의 아름다움을 사람들이 모르더니
풀을 베고 터를 잡아 집을 짓고 사니 벗님네 모두들 찾아오는구나
아, 무이산에서 후학을 가르친 주자를 생각하고 주자를 배우리라
세 번째로 경치가 좋은 계곡은 어디인가, 푸른 병풍 같은 절벽에 녹음이 짙게 펴졌다
푸른 나무 사이로 봄새는 아래위에서 지저귀는데
키 작고 가로 퍼진 소나무가 바람에 흔들리는 것을 보니 여름 풍경이 아니구나

이이, '천전제' 등 경장책을 제안하다

이이는 홍문관의 뜻이 맞는 몇 사람과 함께 토지제도 개혁을 비롯한 경장책을 논구해 왔다. 그리고 별도로 경장책을 만들기 위해 정철과 긴밀히 대화를 나누고 있었다. 이이는 기대승의 소개로 정철을 알게 되었다. 정철이 한 살 위였는데, 서른두 살 때 이이와 함께 독서당讀書堂에서 함께 공부한 인연이 있었다. 정철은 성격이 너무 강하고 술을 좋아하는 것이 흠이었지만 경장에 대한 의지는 이이 못지않았다. 사실 이이의 경장책은 정철과의 논의로 만들어졌다고 해도 지나치지 않았다. 3년여의 논의 끝에 이이는 '치국책'으로 정리해 이연에게 올렸다.

그중에서 가장 핵심적인 제안은 '천전제川田制'였다. 맹자가 중국 고대 주나라 때의 토지제도라며 이상적으로 제시한 정전제는 농지를 '井'자 모양으로 9등분해 정중앙의 구역은 공전公田으로 하고, 나머지 여덟 곳은 사전私田으로 하는 것이었다. 중앙의 공전은 여덟 곳의 사전을 일구는 농가가 함께 일구어 그 수확을 나라에 바치게 한다는 것이었는데, 이이의 천전제는 이와 달리 땅을 3등분하는 것이었다. 이이는 이 방안이 조광조의 한전제에 기반한 것임을 강조했다.

이이가 낸 토지제도 경장책은 3결結 이상 개인 소유의 대토지를 '川' 모양으로 3등분해 3분의 1은 공전公田, 즉 왕실 소유로 하고 또 3분의 1은 현재 소유주의 땅으로 하고, 나머지 3분의 1은 현재 소작을 하고 있는 농민들의 땅으로 균등하게 배분한다는 것이었다. 또한 토지 겸병을 원칙적으로 금하고, 필요한 경우 관청의 허가를 받도록 한다는 것이었다. 공전을 획기적으로 늘려 신진 신료들에게 나눠줄 땅을 확보하고, 나라의 재정을 튼튼히 하기 위해서였다. 늘어난 재정의 많은 부분은 병사를 늘리고 정예화하는 등의 국방력 강화에 쓰겠다고 했다.

이이는 소출의 5할을 지주가 가져가는 병작반수竝作半收를 엄금하고 공전의 경우는 소출의 3할을, 사전의 경우 소출의 2할을 소작료로 할 것을 제안했다. 농민들에게 균등하게 분배되는 땅은 10년간 4할을 소작료로 내고, 10년이 지나면 소작인의 소유로 하자고 제안했다. 통상의 토지 소작료 2할에 더한 2할의 추가 소작료를 토지 구입용으로 인정하자는 것이었다. 양반사대부가 소유한 3결 이하의 토지, 농민이나 노비가 소유한 토지는 그대로 소유권을 인정한다는 것이 골자였다. 이이는 이를 위해 3년에 걸쳐 전국의 토지를 측량하는 양전量田과 함께 소유권을 확정하자고 제안했다. 또한 토지의 등급을 기존의 6등급에서 9등급으로 나누고, 공전이 늘어나는 만큼 연분 9등법에 따라 내는 전세를 3분의 1로 줄이자고 했다.

또한 이이는 공납의 폐단이 이루 말할 수 없으니 이를 없애기 위해서 각 지방의 특산물 대신에 쌀값으로 환산해 쌀로 바치는 대동수미법大同收米法을 실시할 것을 제안했다. 구체적인 방법은 양전을 실시하는 3년 동안 연구하여 찾자고 했다. 아울러 전면적으로 실시하기에는 무리가 따르니 황해도에서 시범적으로 실시한 후, 온 나라로 확대하는 방법을 찾자고 제안했다.

이이가 제안한 경장책은 첫째 천전제를 실시하고, 둘째 정음을 한자와 함께 나라글자로 인정하며, 셋째 노비와 천인제를 없애 평민으로 대우하고, 넷째 서얼 차별을 철폐하며, 다섯째 과부의 재가 금지를 철폐하고, 여섯째 여자 자식들에 대한 유산 상속권을 인정하며, 일곱째 성리학을 국학으로 하되 불교에 대한 탄압을 금지한다는 것이었다.

이연은 이이의 경장책을 나라의 시책으로 삼기로 했다. 이 경장책으로 정전당과 협상해 내전을 끝낼 수 있기를 바랐다. 조선을 하루빨리 안정시키고 민생과 국방력을 강화하지 않으면 안 되었던 것이다. 이연은 삼정승을 불러 이 치국책을 문무백관들의 논의에 부치도록 했다. 조선의 명운이 갈림길에 선 것이었다. 예상했던 대로 난리가 났다.

동인과 서인의 갈등

이연의 즉위와 함께 사림이 조정의 주류 세력으로 등장했다. 그러나 10년도 채 안 돼 동인과 서인으로 붕당을 이뤄 분열하고 대립하기 시작했다. 처음엔 이조전랑 자리에 김효원이 천거되자 이를 인순왕후의 동생 심의겸이 반대하는 것에서 시작됐다. 이조전랑은 정5품, 6품 정도의 낮은 관직이었지만 사간원, 사헌부, 홍문관 언론 삼사의 관리 임명에 관여할 수 있는 요직 중의 요직이었다. 당시 김효원의 집이 한양의 동쪽인 인현동에 있고, 심의겸의 집이 서쪽인 정동에 있어 각자 지지하는 집단을 동인, 서인이라 했다. 동인은 주로 이황과 조식의 학문을 승계한 경상도 출신이 많았고, 서인은 이이와 성혼의 충청도·경기도 출신 제자들이 많았다.

훈구파에 속했던 심의겸은 인순왕후의 동생으로 척신이었지만 척신의 발호에 반대하는 입장이었다. 훈구파에 대한 입장을 보면 동인이 강경파였고 수적으로도 서인보다 많았다. 서인들 중에는 심의겸의 덕을 본 사람들이 많았기 때문에 훈구파에 대해서 동인보다는 온건했다.

붕당 형성에 비판적이었던 이이는 김효원과 심의겸을 지방관으로 좌천시켜 어떻게든 붕당 형성을 막으려 했다. 이 일로 동인은 이이가 서인 편을 들었다며 맹렬히 규탄했다. 동서 갈등이 심해짐에 따라 이이가 동인과 서인의 화합과 균형을 위해 서인 쪽에 힘을 실어 주다 보니 나중에는 서인의 종주로 인정되기에 이르렀다.

이이의 경장책은 더더욱 이이를 서인의 종주로 인식하게끔 만들었다. 이이의 경장책에 대해 조정의 논의가 시작되자 동서의 분당은 자리다툼을 넘어 이념의 문제로 비화했다. 동인은 이이의 경장책이 성리학의 나라 조선을 근본부터 부정하며 허무는 것이라 주장했다. 동인은 상소를 잇따라 올려 이이의 파직을 요구하고, 심지어 참형에 처하라고 요구하기까지 했다. 서인 내부에서도 이이의 경장책에 반대하는 이들이 일부 있었으나 현실적으로 정전당으로 인한 혼란을 종식시키고 국정을 안정시키기 위해서는 불가피하다는 것이 다수의 의견이었다.

3년 동안 이이의 경장책으로 조정은 극심한 분열을 겪었다. 이연은 이이를 일관되게 옹호했다. 이연은 대신들에게 조광조도 한전제를 주장했음을 상기시켰다. 이연은 이제 이 논쟁의 끝을 보아야 할 때라고 생각해 이이의 경장책을 조정의 시책으로 확정하고, 이이를 호조판서로 임명했다. 이와 함께 이이에게 대결 종식을 위해 정전당과의 협상에 나서라며 협상의 전권을 부여했다.

정전당 내의 격론

이이는 정전당 당수 임꺽정과의 교섭에 나섰다. 임꺽정은 조정에서 제시한 경장책을 갖고 정전당 지도부와 논의를 했다. 지도부 내에서 치열한 논쟁이 벌어졌다. 가장 큰 쟁점은 두 가지였다. 하나는 '천전제'를 받아들일 것인지 여부와, 또 다른 하나는 조정의 경장책을 받아들인 이후 정전당의 역할을 어디에서 찾을지가 논점이었다.

정전당은 그동안 정전제 실시를 줄기차게 요구해 왔기에 천전제를 수용하기가 쉽지 않은 상황이었다. 무엇보다 자신들이 점령한 곳에서 정전제를 이미 실시하고 있었기에 천전제를 받아들인다면 이를 뒤집어야 한다는 심각한 문제가 있었다. 많은 이들이 점령지를 넓혀 정전당이 더 유리한 위치에서 조정과 협상해야 한다고 주장했다.

그러나 임꺽정은 이에 대해 타협적인 입장이었다.

"여러분의 의견대로라면 우리의 궁극적인 목적은 역성혁명이 되는 것입니다. 조선 왕조를 갈아엎고 새로운 왕조를 세우는 것이 됩니다. 우리는 조선을 바꿔 대동세상을 여는 것을 목표로 한 것이지 역성혁명으로 새로운 나라를 개창하고자 한 것이 아닙니다. 이걸 명확히 해두어야 합니다. 여러분의 주장을 계속 고수하려면 우리의 목적을 바꿔 조선을 무너뜨려야 하는 것입니다. 이것이 우리의 목적입니까?

세상일이라는 것이 내 맘이 원하는 대로 되는 것이 아닙니다. 우리는 조정을 대상으로 싸우고 있지만 결국은 우리의 목표를 갖고 조정과 협상하지 않으면 안 됩니다. 정전제가 우리의 이상이라는 것은 나도 부인하지 않습니다. 우리가 정전제를 주장한 것은 맹자의 주장을 글자 그대로 따르려는 것이 아니라 양반사대부들이 일은 하지 않으면서 땅에 대한 소유를 늘려 다수의 사람이 땅도 갖지 못하고 핍박받는 현실을 바꾸려고 했던 데 있습니다. 천전제가 만족스러울 리 없습니다. 그러나 조정에서 이런 제안을 한 것은 대단한 진척입니다. 우리 정전당의 주장을 불충분하나마 받아들인 것이라 생각합니다."

오랜 격론 끝에 천전제를 수용하는 것으로 가닥이 잡혔다. 이제 논점은 조정과의 타협 이후 정전당의 역할을 어디서 찾을 것인가였다. 정전제에 가장 비타협적인 입장을 보였던 전라 지역 연장 김기남이 이 문제를 들고 나섰다.

"조정의 안을 받았을 때 그 이후 정전당의 역할은 무엇입니까? 해산하고 각자 갈 길을 가야 하는 것입니까? 목숨을 걸고 정전당에 투신해 전투를 벌여 온 이들이 전국에 10만 명이 넘습니다. 이들의 문제는 어떻게 되는 것입니까?"

임꺽정이 말했다.

"내게 복안이 있습니다. 조정과의 협상이 끝나더라도 정전당은 당분간 해산하지 않을 것입니다. 당은 물론 당원들의 자격 또한 유지될 것입니다. 연장과 초장도 유지할 것입니다. 다만 대다수의 당원들은 이제 땅을 얻어 농사짓고 살아가야 할 것입니다. 그렇다면 지금의 민본청을 어떻게 할 것이냐는 문제가 있습니다. 민본청은 임금과 각 지역 관찰사의 자문기구로 개편하는 것이 어떨까 안을 내봅니다. 조정의 기구가 아니므로 이름은 민본원으로 바꾸는 것이 좋겠습니다. 8도의 민본원은 50인 이상으로 구성합니다. 그 구성원을 민의원이라 하면 될 것입니다. 연장과 초장은 당연히 참여하고 그 외 사람들은 그 지역 정전당원들의 투표로 선출하는 것입니다. 임금에게 자문하는 중앙 민본원은 100명 이상으로 구성합니다. 중앙 민본원은 팔도 각 지역 민본원에서 동등하게 열세 명을 선출하는 것으로 하면 좋을 것입니다.

민본원은 민생 시책들을 발굴해 임금과 관찰사에게 올리는 역할을 할 것입니다. 상소와 별도로 백성들로부터 민원을 듣고 이의 해결책을 내는 역할도 할 것입니다. 모든 분쟁과 재판은 일차적으로 민본원을 거친 후 각급 관청으로 가게 하는 것이 좋겠습니다. 민본원이 구성된다면 그때 정전당을 해산하면 될 것입니다. 그렇게 되면 조선은 임금의 나라이기도 하면서 정전당의 나라이기도 할 것입니다."

임꺽정은 정전당의 미래에 대해 오랫동안 고민하면서 나름의 복안을 만들고 있었던 것이다. 정전당 지도부 다수가 임꺽정의 제안을 듣고 흡족해했다. 이들은 천전제 수용, 민본원 설치를 내세워 조정과 협상을 진행하기로 결의하고 임꺽정에게 협상 권한을 위임하기로 했다.

사림의 반대와 이이의 낙마

정전당이 천전제를 수용하면서 민본원 설치를 안으로 제시했다는 사실이 알려지자, 조정의 신료들과 사림이 격렬하게 반대하고 나섰다. 천전제의 시행은 신분 질서를 파괴해 양반사대부의 시대를 끝낼 것이라는 이유에서였다. 게다가 민본원 설치 요구는 조선의 사직을 근본적으로 부인하고 반대하는 것이라는 의론이 들끓었다. 양반사대부가 평민, 천민과 국사를 논한다는 것은 조선의 국체 자체를 부정하는 것이라는 이야기였다.

동인들은 그런 모욕적 제안을 면전에서 거부하지 않고 궐내로 끌고 들어온 이이를 탄핵해야 한다며 집단 상소를 올렸다. 서인들은 적극적으로 동의하지는 않았지만 정국을 안정시키기 위해서는 받아들일 필요가 있다는 의견이 다수였다.

성균관 유생들의 반발이 제일 거셌다. 성균관 유생들은 도끼를 앞에 놓고 궐문 밖에 엎드려 이이를 파직하라며 며칠을 시위했다. 삼사의 움직임도 심상치 않았다. 이이가 10대

후반에 불가에 잠시 귀의한 것을 빌미로 이이는 불씨의 사람이자 도학의 사람이 아니라는 주장까지 횡행했다. 이연은 이이에게 협상 전권을 준 것은 자신이라며 모든 상소를 물리쳤다.

정전당과의 협상은 중단되었다. 이연은 이이의 직책을 호조판서에서 이조판서로 바꿨다. 이이에 대한 탄핵 요구는 여전했다. 1년도 안 돼 이연은 이이를 병조판서로 임명했다. 비록 천전제는 실시되지 않았지만 이이의 국방력 강화 경장책의 불씨는 어떻게든 살리려 했던 것이다.

그런데 이이가 병조판서로 있을 때 '니탕개의 난'이 발생했다. 여진족 추장 니탕개가 병력 약 3만 명을 이끌고 함경도 북부의 6진을 침입한 것이었다. 이 난에 대해 이연이 의견을 구하자, 이이는 이번 기회에 군사를 일으켜 여진족을 토벌해야 한다고 주장했다. 이연은 처음에 이를 수락했다. 그러자 동인이 또 들고 일어났다. 사헌부와 사간원을 동원해 "병조판서 이이는 현재 피론被論 중이면서 궐문에 나와 자기가 아무 죄가 없는 듯 공론公論을 경멸했으니 벌을 주셔야 합니다"라고 주장한 것이다.

이연은 이이에게 더는 중책을 맡기기 어렵다는 판단을 했다. 이연은 이이의 파직을 명했다. 이연은 이이를 놓아주는 것이 이이를 살리는 길이라 판단을 한 것이었다. 이제 조정은 동인이 완전히 장악하게 되었다.

이이는 이연에게 만나 뵙기를 청했다. 그러나 사관 권극지 등이 경연 자리가 아닌데 임금에게 면담을 요청하는 것은 예의에 어긋난다며 비판했다. 결국 이연과의 대면도 이뤄지지 않았다. 이에 낙담한 이이는 사저에 머물다가 49세를 일기로 세상을 떠났다.

이연에게 이이가 사망했다는 소식이 들려왔다. 이연은 비통해하며 이이를 앞에 두고 있는 듯 혼잣말을 했다.

'과인은 병판의 충절과 우국충정의 마음을 잘 알고 있소. 그대와 얼굴을 맞대고 조선의 경장을 논할 때가 엊그제 같구려. 조선에 희망이 찾아옴을 느꼈소. 병판의 사망 소식을 들으니 분합니다. 이렇게 허망하게 병판을 보냈다는 것이…. 그러나 두고 보시오. 병판의 경장책을 내 반드시 실현시키고 말 것이오. 어떤 희생이 따르더라도 말이오.'

최기문의 대담한 제안

최기문은 잡과에 급제해 아버지 최세진에 이어 역관이 돼 있었다. 중국어에 능통해 사신이 명나라에 갈 때 통역관으로 따라갔다. 임꺽정의 정전당 봉기가 심각해지자 조정에서는 명나라 사신단을 파견해 상황을 설명하고 지원을 요청하기로 했다. 거기에 최기문도 포함되었다.

최기문은 북경에서 여러 정보를 들을 수 있었다. 기문이 관심을 가졌던 것은 명나라 남쪽 해안가에 있는 광동의 아오면이라는 지역을 저 멀리 구라파에 있는 포르투갈이라는 나라의 색목인色目人에게 개방해 이국인들이 거주하고 있다는 사실이었다. 구라파인들은 아오면을 '마카오'라 부른다 했다. 그들은 조총이라는 무기를 가지고 있었는데, 그 위력이 칼에 견줄 바가 아니라고 말하는 것을 듣고 솔깃했다.

조선에 돌아온 최기문은 임꺽정을 만나 중국에서 들은 정보를 전했다. 조총을 습득해 쓸 수 있다면 조정과의 오랜 교착 국면에 돌파구를 마련할 수 있을 거라 말했다. 그러면서 중국어에 능통한 네댓 명을 뽑아 아오먼에 잠입시켜 조총을 입수하자는 제안을 했다. 실로 대담한 제안이었다.

임꺽정은 중국어에 능통한 다섯 명과 왜어에 능통한 두 명, 뱃길에 익숙한 두 명 해서 총 아홉 명의 특임대를 구성할 것을 명했다. 임꺽정은 왜구의 배를 이용해 아오먼에 잠입시킬 계획이었다. 임꺽정은 반드시 조총을 입수해야 한다며 특임대원들을 격려했다. 반드시 살아오라며 눈물로 전송했다.

정철의 「관동별곡」과 「사미인곡」

정철의 누나는 인종의 후궁 귀인 정씨였다. 어렸을 때 정철은 명종(이환)과 궐내에서 뛰어놀았다. 그런데 을사사화로 사망한 계림군과 정철의 집안이 친하다는 이유로 정철의 형이 곤장을 맞아 죽으면서 집안이 쇠락의 길을 걸었다.

정철의 벼슬길은 순탄치 않았다. 당쟁에 자주 휘말리면서 유배와 복직을 반복했던 것이다. 정철은 야인으로 지낼 때 이이의 발탁으로 경장책을 만드는 데 참여했다. 이이는 경장의 일이 목숨을 내놓고 하는 일임을 잘 알기에 정철의 존재를 철저히 비밀에 부쳤다.

정철은 한자와 정음 사용을 자유자재로 했다. 모친인 죽산 안씨에게 정음을 배웠는데, 『훈몽자회』를 접하며 정음 사용법을 숙달했다. 정철의 모친은 정철에게 자주 정음으로 간찰을 써 보내고 정음으로 된 답서를 받곤 했다. 정철은 시가에 재능을 보였는데, 정음을 사용해 시가를 지었을 때 표현이 더 정확하고 풍부하다는 것을 실감했다. 정철은 일찍이 자신의 고향인 전남 담양에 있는 성산의 풍경과 풍류를 읊은 「성산별곡」을 지었다. 강원도 관찰사로 있을 때는 관동팔경을 유람하면서 아름다운 경치에 감탄해 「관동별곡」이라는 정음 가사를 짓기도 했다. 올바른 정치에 대한 희구希求와 임금에 대한 충성의 마음을 녹인 가사였다.

정철은 백광홍의 「관서별곡」을 읽고 감탄했었다. 아니 전율했었다. 백광홍이 나이는 열네 살 위였지만 둘은 친교가 있어서 정철은 「관서별곡」을 접할 수 있었다. 「관서별곡」은 백광홍이 서른네 살 때 평안도 평사로 관서 지방의 절경을 보고 풍물을 접하면서 느꼈던 흥취를 쓴 기행 가사였다. 백광홍은 이 기행 가사의 창시자였다.

> 천리를 비껴 흘러 대 앞으로 지나가니
> 반회盤回 굴곡屈曲하니 노룡이 꼬리치고 해문으로 드는 듯
> 형승도 끝이 없다 풍경인들 아니 볼까

정철은 자신도 기회가 되면 이와 같은 기행 가사를 쓰리라 마음먹었다. 정철은 정음으로 쓴 백광홍의 「관서별곡」을 보며 정음에 더더욱 매료됐다.

'언젠가 「관서별곡」을 뛰어넘는 정음 가사를 꼭 쓸 것이다.'

정철이 강원도 관찰사로 임명됐을 때 정전당이 충주와 원주를 점령하면서 금강산 산채에 있던 본부의 인력 대부분은 충주로 갔고 일부는 원주로 갔다. 정전당의 발상지라 할 수 있는 금강산 산채에는 약 3천 명이 남아 산채와 그 주변을 굳건히 지키고 있었다.

정철은 이런 혼란스런 상황에서 강원도 관찰사로 온 것이었다. 정철은 관군이 장악하고 있는 강원도 지역을 순방하며 감탄과 한탄을 함께 토해냈다. '이리도 절경이건만 우리 백성들은 관군과 반군으로 나뉘어 창과 칼을 겨누고 있다니 그러한 현실이 더욱 비통하구나!'

당시 강원도는 냉해가 발생한 데다 홍수 피해까지 겹쳐 백성들의 생활고가 이만저만 아니었다. 정철은 그 끔찍한 상황을 보며 정전당 무리가 급속하게 늘어난 이유를 뼈저리게 느낄 수 있었다. '백성은 이리도 도탄에 빠져 있는데 양반사대부들은 이理니, 기氣니 하는 놀음에 빠져 있으니. 조선은 경장하지 않으면 바람 앞의 촛불 신세를 면치 못할 것이다.'

한양을 떠난 외로운 신하는 흰머리만 늘어가는구나
동주(지금의 철원)에서 밤을 겨우 새워 북관정에 올라가니
삼각산 제일 높은 봉우리가 보일 것만 같구나
궁예왕의 대궐 터에서 까막까치가 지저귀니
나라의 흥망을 아는가, 모르는가

천 년 묵은 늙은 영이 굽이굽이 서려 있어
밤낮으로 흘러내려 넓은 바다에 이었으니
비구름을 언제 얻어 흡족한 비를 내리려는가
그늘진 벼랑에 시든 풀을 다 살려 내려무나

조선은 그늘진 벼랑에 서 있었다. 백성들은 시든 풀과 같았다. 정철은 조선이 살려면 반드시 달라져야 한다고 생각했다. 이이와의 만남은 정철의 마음을 더욱 굳게 했다.

정철은 강원도 관찰사 시절 정음으로 연시조聯詩調「훈민가訓民歌」도 지었는데, 유교적 윤리를 백성들에게 교화하고자 하는 뜻에서였다. 그러나 '옳으니 따르라'는 식이 아니라 백성들의 삶을 절절히 묘사하고 정감 어린 말을 사용해 훨씬 더 설득력이 있었다.

어아 저 조카야 밥 없이 어찌할고
어아 저 아저씨 옷 없이 어찌할고
험한 일 다 말하여라 돌봐주려 하노라

오늘도 날이 샜다 호미 메고 가자꾸나
내 논 다 매면 네 논도 좀 매어 주마
오는 길에 뽕 따다가 누에 먹여 보자꾸나

그 후 정철은 대사헌이 됐으나 동인의 탄핵으로 고향인 전남 담양의 창평으로 내려갔다. 거기에서 정음 장편 가사인 「사미인곡」과 「속미인곡」을 지었다. 정철은 이들 가사를 통해 경장 군주로서의 이연에 대한 절절한 마음을 담았다. 정철에게 조선의 경장은 이이의 뜻을 펼치는 것이면서, 또한 자기의 존재 이유였던 것이다.

저 매화 꺾어 내어 임 계신 데 보내고 싶구나
임이 너를 보고 어떻다 여기실꼬

「사미인곡」은 남편과 생이별한 여인의 마음을 드러내는 식이었고, 「속미인곡」은 두 명의 여인이 대화하는 방식이었다. 임금을 직접적으로 드러내지 않고 보통사람들의 정서를 이야기하고 있어 많은 사람들이 「사미인곡」과 「속미인곡」을 읊곤 했다. 임금을 그리워하는 신하의 애절한 '충신연주지사忠臣戀主之詞'가 남녀간의 연모의 정을 노래하는 속가로 여겨져 널리 불렸던 것이다.

정철의 마음이 이연에 가 닿았는지 얼마 지나지 않아 정철은 이연의 부름을 받게 되었다.

정여립의 난과 기축옥사

황해도 관찰사 한준, 안악군수 이축, 재령군수 박충간이 연명으로 임금에게 정여립이 한강이 얼 때를 기다려 한양으로 쳐들어가 병조판서 신립 등 조정 중신들을 죽이고 어명을 위조하여 지방관들을 죽이려 하는 등 반란을 획책하고 있다는 비밀 장계를 올렸다. 이연은 즉시 중신들을 불러 모으고 반란에 가담한 자들을 모두 잡아들여 극형에 처하라고 명을 내렸다.

정여립은 원래 서인으로 이이와 성혼이 각별히 촉망하던 인재였다. 그런데 홍문관 수찬 벼슬을 얻으면서 동인의 영수였던 이발과 어울리며 당시 주류 세력이었던 동인으로 돌아섰다. 그러면서 서인의 거두였던 성혼과 박순을 비판했다. 이 일로 서인의 미움을 받았고, 임금의 눈 밖에 나버렸다. 동인에서는 정여립을 여러 차례 천거했으나 이연이 받아들이지 않자 낙향했다.

정여립은 전라도에서 명망이 있었다. 그는 전라도 진안의 죽도에 서실을 차리고 대동계大同契를 조직했다. 그리고 시회詩會와 활쏘기 모임을 여는 방법 등으로 세력을 확장해 나갔다. 왜구가 손죽도를 침범했을 때는 당시 전주부윤 남언경의 요청에 따라 대동계원들을 동원해 물리치기도 했다. 정여립은 대동계를 확대해 황해도까지 세력을 넓혔다.

정여립은 급진적인 사상의 소유자였다. 천하는 공물公物로 일정한 주인이 있을 수 없다는 '천하공물설天下公物說'과 누구라도 임금으로 섬길 수 있다는 '하사비군론何事非君論'을 주장했다. 강상죄로 다스릴 만한 주장을 했던 것이다. 정여립은 조선의 운수가 다했다고 봤다.

정여립 추포령이 내려졌다. 관군이 자신을 체포하러 오고 있다는 소식을 듣고 정여립은 아들 정옥남을 데리고 죽도로 도망갔다가 관군에게 포위되자 자결했다.

이연은 정여립의 난을 계기로 경장에 반대하는 동인 세력을 척결하고 다시 경장책을 밀어부칠 생각이었다. 이연은 정철을 불러들였다. 정철을 수사와 국문을 담당하는 위관委官으로 임명한 것이다.

이연이 정철에게 말했다.

"송강, 과인은 다시 경장책을 추진할 것입니다. 율곡이 못 이루고 세상을 떠난 한을 반드시 풀 것입니다. 지금 경장의 가장 큰 걸림돌은 동인 세력입니다. 이들의 힘을 빼지 않고

서는 경장의 추진이 불가합니다. 송강! 송강은 나를 대신해 동인의 악귀가 되어야 합니다. 조선을 위해 송강이 악역을 맡아 주어야 합니다. 그래야 경장이 가능해집니다. 이 일로 송강은 또 불가피하게 탄핵당할 일이 있을 것입니다. 미안하오만 과인과 조선을 위해 희생하고 감내하셔야 합니다."

정철이 대답했다.

"성은이 망극하옵니다."

정여립의 난 여파로 기축옥사가 일어났다. 정철은 무지막지할 정도로 연루된 자를 모조리 밝혀내고 처형했다. 1천여 명이 화를 입었다. 많은 이들이 죽었고 영의정 노수신, 우의정 정언신, 직제학 홍종록 등 동인의 핵심 인물이 파직됐다. 동인의 강경파였던 이발의 경우에는 형제뿐만 아니라 어린 아들, 여든 살이 넘은 노모까지 곤장을 맞다 죽었다. 심지어 정철은 이산해와 류성룡까지 처형하려 했으나 이연이 서인 세력이 지나치게 커질 것을 우려해 막았다.

정전당, 조총을 손안에 넣다

임꺽정이 마카오에 보낸 특임대가 3년 만에 돌아왔다. 갈 때는 아홉 명이었지만 살아 돌아온 사람은 네 명이었다. 두 명은 아오먼 현지에서 발각되어 처형됐고, 세 명은 돌아오는 길에 풍랑을 만나 실종됐다고 했다. 다행히 조총 3정을 습득했고 그 사용법을 익혀 왔다.

임꺽정은 조총 시험 사격을 보고 조총이 조정과의 전투 판도를 완전히 뒤바꿀 것이라는 생각에 감격했다. 조총 앞에서 창과 칼은 아무것도 아니었다. 조총이 전투에서 쓰이면 창과 칼이 맞부딪는 근접전의 전투는 사라지게 될 것이다.

임꺽정은 조총을 대량으로 만들기로 결심했다. 이를 위해 금강산 본채가 있던 곳에 조총 복제와 연구개발, 그리고 양산을 위한 비밀 시설을 짓도록 명했다. 군기시軍器寺에서 첨정僉正으로 일한 적이 있었던 김총을 총책임자로 해서 군기시와 훈련도감에서 일한 경험이 있는 자와 대장장이, 목장木匠, 갖바치 출신들을 선발했다. 비밀 시설의 명칭은 '무기

청'이라 했다. 조총이 3정밖에 없으니 조심스럽게 다뤄 그르치는 일이 없도록 하라고 엄명을 내렸다.

임꺽정은 김총에게 총알의 위력을 높일 수 있는 방안과 함께 총알을 방어할 수 있는 방안도 찾아보도록 명했다. 조총 탄환의 위력이 책 몇 권까지 뚫을 수 있나 시험하고 탄환을 막아낼 수 있는 방법이 무엇인지 찾아보라 한 것이었다.

임꺽정은 그즈음 새로운 구상을 하고 있었다. 색목인의 나라인 포르투갈에 직접 가서 그곳의 문명을 보고 올 필요가 있겠다는 생각을 한 것이다. 조총을 만들 수 있는 문명이면 대단한 곳일 것이라고 생각했다.

'기껏해야 아는 것이 조선, 중국, 여진, 몽골, 왜가 아니던가. 세상은 훨씬 넓고 다양한 문명이 있을 것이다. 내가 직접 못 간다 하더라도 누군가는 꼭 보고 와야 할 것이다.'

정철과 임꺽정, 경장책에 합의하다

공주를 점령한 정전당이 아산과 천안에까지 세력을 뻗쳤다. 경기도까지 세력을 뻗치는 것은 시간문제였다. 이연이 느끼는 위기감이 더 커졌다. 이연은 정전당과의 빠른 교섭과 협상으로 정국을 안정시켜야겠다는 결심을 했다. 한껏 동인 세력을 억누르고 공포 분위기가 형성된 지금이 최적기라 판단했다.

이연은 정전당과의 교섭 재개를 선언했다. 13년 만에 교섭이 재개된 것이다. 이연은 우의정 정철을 교섭 전권 책임자로 임명했다. 이이의 뒤를 이어 정철이 그 역할을 맡게 된 것이다. 이연은 정철에게 정전당의 민본원 설치 요구를 받아들이라 명했다.

정전당 내에서도 약간의 이견이 있었지만 조정과의 합의안을 받아들이기로 했다. 정전당이 봉기한 지 30년 만의 일이었다. 임꺽정은 어느덧 60대의 노인이 돼 있었다.

휴전을 하고 더 이상의 전투는 벌이지 않기로 했다. 양전은 이미 끝마친 상태이기 때문에 땅을 분할해 천전제를 시행하면 되었다. 다만 조정이나 정전당이나 시간이 필요했기 때문에 2년의 준비 기간을 거쳐 시행하기로 했다. 동인들은 이에 반발했으나 기축옥사 이후 많이 위축되어 목소리를 크게 내지 못했다. 그러나 동인들의 정철에 대한 원한과 복수심은 최고조로 올라 있었다.

바야흐로 새로운 조선이 만들어질 참이었다. 조선이 건국된 지 200년이 지나 경장의 새 바람이 분 것이었다. 백성들은 새로운 조선에 대한 기대로 한껏 들떠 있었다.

소학과 사서삼경을 언해하라

이연은 양반가의 자제들도 어릴 때부터 정음에 익숙해지도록 만들어야 한다고 생각했다. 그 일환으로 『천자문』과 『석봉천자문』에 구결口訣과 토를 다는 언해 작업을 하게 했다. 이를 계기로 양반가에도 정음을 익히는 이들이 많아졌다.

이연은 정음의 활성화를 위해 가장 시급한 일이 『소학』과 사서인 『논어』, 『대학』, 『중용』, 『맹자』, 그리고 삼경인 『시경』, 『서경』, 『주역』을 언해하는 것이라 생각했다. 양반사대부들이 과거 시험을 준비하기 위해 반드시 익혀야 할 필독서들이었다. 정음이 이제 한자와 함께 조선의 공용 문자가 될 상황에서 무엇보다 양반사대부들이 정음을 가깝게 느끼도록 해야 했다. 또한 정음이 백성들 사이에 널리 퍼져 있는 상황에서 『소학』과 사서를 읽혀 유학의 도를 익히도록 함으로써 흉흉한 민심을 안정시킬 필요를 느끼고 있었다.

이연은 정음의 공용화가 유학과도 밀접한 것임을 보이고

싶었다. 일부 대간들은 정전당이 『맹자』를 떠받드는 것을 지적하며 『맹자』는 언해 대상에서 빼자고 했지만 명분을 얻기가 힘든 주장이었다. 『맹자』도 성현의 지혜가 담긴 책인데 『맹자』만 빼고 사서를 언해한다는 것은 명분이 없었다.

이연은 이산해와 정철을 필두로 31명이 책임지고 언해 작업을 하도록 했다. 큰 사업이었다. 사서삼경 언해가 간행되기 16년 전, 이연은 사서오경에 정통할 뿐만 아니라 정음에도 밝고 구결에 조예가 있는 유희춘에게 사서의 언해를 명했다. 유희춘은 자신의 능력만으로는 안 된다며 당대 최고의 유학자인 이황과 이이를 언해 작업에 동참시킬 것을 요청해 이뤄졌다. 안타깝게도 유희춘은 언해 작업을 마치지 못하고 사망했다. 그러나 『경서구결언석』과 『선주대학석의』라는 사서 언해 작업의 기초가 되는 책을 남겼다.

유희춘은 죽기 1년 전 이연에게 언해 작업을 이이에게 맡겨 이어갈 것을 주청하는 상소를 올렸다. 율곡은 사망 전에 『대학율곡언해』, 『중용율곡언해』, 『논어율곡언해』, 『맹자율곡언해』의 초고를 남겼다.

1590년 마침내 사서에 대한 언해를 완료했다. 『소학언해』와 『효경언해』는 이연의 명으로 따로 교정청에서 펴냈다. 이연은 언해서를 대대적으로 보급하라 명했다.

건저 사건

정전당과의 교섭이 마무리되고 얼마 후, 왕세자 책봉 문제를 둘러싸고 건저建儲 사건이 일어났다. 이연에게는 왕비 소생의 원자가 없었다. 후궁과의 사이에서 태어난 임해군과 광해군, 의안군과 신성군이 있을 뿐이었다. 나이는 임해군이 제일 위였으나 제멋대로인 데다 성격이 포악해 왕세자감으로 받아들여지지 않았다. 그로 인해 광해군이 가장 유력했다. 그런데 이연은 총애하는 후궁 인빈 김씨의 소생인 신성군을 마음에 두고 있었다.

이연의 나이가 40세에 접어들었으므로 신료들은 세자의 책봉을 서둘러야 한다고 생각했다. 대다수 신료들의 마음은 광해군에게 쏠려 있었다. 그러나 신성군을 염두에 두고 있던 이연은 서두르지 않을 생각이었다.

그런데 동인 중신들이 중심이 되어 하루빨리 세자를 책봉해야 한다하자며 건저 문제를 거론했다. 뜻밖에도 서인인 우의정 정철도 거들고 나섰다.

이연은 정철의 마음을 알아챘다. 당시에는 동인들이 위축돼 있어 임금 앞에서 건저 문제를 앞장서서 들고 나올 수 있는 상황이 아니었다. 정철도 임금이 왕세자로 신성군을 마음에 담고 있다는 것을 잘 알고 있었다. 이연은 정철이 이 문제로 벼슬에서 물러나 목숨을 부지하려 한다는 것을 눈치챘다. 아니나 다를까, 동인인 영의정 이산해와 우의정 류성룡은 쏙 빠지고 좌의정 정철이 이연 앞에서 이 문제를 거론했다.

이연은 조회 석상에서 정철을 "간사한 정철"이라 공개적으로 비난했다. 그리고 정철을 비롯한 서인들을 모조리 유배형에 처했다. 양천경·양천회 등 여러 사람이 기축옥사 때 정철의 사주로 최영경을 무고했다는 죄로 국문을 받다가 죽었다. 당시 정철을 죽여야 한다는 상소가 빗발쳤지만 이연은 거부했다.

정철이 이런 운명에 처해질 것임은 정철 본인도 알고 있었고 이연도 알고 있었다. 이연은 그런 운명에 처하게 했고, 정철은 이를 감당했을 뿐이다.

7
조왜 7년 전쟁

도요토미 히데요시, 대륙으로 눈을 돌리다

왜는 피비린내 나는 백 년의 전국 시대가 끝나고 있었다. 그 주역이 도요토미 히데요시였다. 왜는 도요토미 히데요시에 의해 전국이 통일되었다. 백 년 간의 전투로 왜의 군사들은 정예화돼 있었고, 포르투갈로부터 전래된 조총으로 무장하고 있었다. 관백關伯의 자리에 오른 히데요시는 1587년부터 조선을 거쳐 명나라까지 진출하려는 무모한 구상을 하고 있었다. 히데요시는 오다 노부나가를 계승했는데, 노부나가 때부터 왜는 대륙 진출의 야심을 품고 있었다.

히데요시는 대마도(쓰시마) 도주에게 조선에 왜의 통일 사실을 알리고 조선 임금이 입조하도록 교섭할 것을 명했다. 그 기한을 1588년으로 못박기도 했다. 조선이 불응하면 정벌에 나설 것이라고 으름장을 놓았다. 대마도 도주는 조선이 거부할 게 뻔하다며 입조 대신 인질과 공물을 요구하자고 했지만 히데요시는 고집을 꺾지 않았다.

이에 대마도 도주는 조선에 두 차례 사신을 보내 통신사 파견을 요청했다. 이때 왜의 사신은 교섭이 안 되면 병화兵禍가 일어날 것임을 암시했다. 처음에 조선은 왜를 교화가 미치지 않는 야만국이라 비하하며 통신사 파견을 거부했다가 왜구에 잡혀갔던 조선인들을 송환하는 성의를 보이자, 통신사를 파견하기로 했다.

이연은 1590년에 왜의 정세를 탐지하기 위해 통신사를 보냈다. 정사는 서인 황윤길, 부사는 동인 김성일이었다. 그런데 귀국 이후 두 사람의 보고가 달랐다. 황윤길과 서장관 허성, 황진, 조식 등은 반드시 왜군의 침입이 있을 것이라 보고한 반면, 김성일은 그런 기미가 없다고 보고한 것이었다. 히데요시에 대해서도 황윤길은 지략이 있어 경계해야 한다고 보고한 반면, 김성일은 "그의 눈이 쥐와 같아 마땅히 두려워할 위인이 못 된다"고 보고했다. 김성일은 히데요시가 통신사를 접견할 때 무례를 범하고 조선을 속국으로 대하는 등 안하무인의 태도를 보고 별 위인이 못 된다는 인상 비평에 치중한 것이었다. 하지만 히데요시는 조선 국서에 대한 답서에서 조선과 명나라를 침략할 의도를 분명히 밝히고 있었다.

이연은 황윤길의 판단에 마음이 갔으나 당시 조정 내의 동인은 황윤길의 판단을 물리쳤다. 그래도 이연은 각지에 성을 쌓게 하고 장정들을 징집했다. 그리고 종6품 정읍현감이었던 이순신을 8단계 위인 정3품 전라좌도 수군절도사로 발탁하는 등 유능한 무장들을 남쪽에 배치했다. 이억기, 이천,

양웅지, 허균 등이 당시 남쪽에 배치한 무장들이었다.

그런데 성을 쌓는다며 유생들까지 동원하자, 영남의 사대부들이 이에 반대하는 상소를 올렸다. 김성일도 거들었다.

전쟁이 발발하자, 이연은 책임을 물어 김성일을 경상우병사로 임명했다. 당시 경상도는 일본이 점령한 상태로 최전선이었다. 김성일을 사지로 내몬 것과 다름이 없었다. 김성일은 잘못된 보고를 한 죄책감 때문이었는지 관군과 의병의 공조를 원활하게 하는 등 자신의 역할에 최선을 다했다. 그러던 중 1593년에 병으로 사망했다.

황윤길은 왜에서 돌아올 때 대마도에서 조총 두 자루를 구해 이연에게 바쳤으나 전쟁이 일어나면서 묻혀 버렸다. 이연은 왜가 쳐들어오자 황윤길을 병조판사에 제수했으나 사망하고 말았다.

전쟁을 일으키기 전에 왜는 조선에 있는 왜관에 철수령을 내렸다. 그러고 나서 대대적으로 침략해 왔다. 당시 왜의 왕 고요제이 덴노가 조선으로의 출병을 금하는 명을 내렸으나 히데요시는 아랑곳하지 않았다.

조선 임금을 생포하라

내전內戰이 끝나는가 했더니 외전外戰이 조선을 덮쳤다. 왜는 16만의 병력을 동원했다. 조선 조정이 전혀 예상하지 못한 대규모 병력이었다. 10만이 넘는 홍건적 무리가 북방에 침입한 것이 200년 전이었다. 을묘왜변 당시 왜구 규모가 가장 많았을 때가 3만이었으므로 16만은 상상하지 못했던 규모였다. 곡창 지대인 전라도 쪽으로 침략할 것이라는 예측이 많았는데 경상도 부산포 쪽으로 쳐들어왔다.

히데요시는 최단시간에 한양을 함락하고 조선의 임금을 생포해 전쟁을 끝낼 구상을 하고 있었다. 이연은 조선 최고의 명장으로 이름을 날렸던 이일을 보내 상주에서 왜군을 막으려 했으나 실패했다. 다음으로 북방에서 이름을 날린 신립 장군에게 8천 명의 병력을 붙여 맞서게 했으나 역시 대패했고, 신립은 자결했다. 기병 위주의 군사가 조총으로 무장한 보병 위주의 왜군에 맞서는 것은 한계가 있었다. 이연은 한양의 최후 방어를 위해 우의정 이양원을 수성대장守城大將으로 삼고 김명원을 도원수로 삼아 한강을 수비하게 했으나 한강 전투에서 또다시 왜군에게 패배하고 말았다.

이연은 선택해야 했다. 끝까지 남아 싸우느냐, 일단 피하고 후일을 도모하느냐. 끝까지 남아 싸운다는 것은 결국 왜군에게 생포되거나 장렬히 죽는다는 것을 뜻했다. 이연은 결단해야 했다. 이연은 파천을 선택했다.

개전 후 20일 만에 한양이 함락되었다. 왜군이 경복궁 광화문으로 몰려들고 있었다. 그런데 왜군 앞에 놀라운 광경이 펼쳐졌다. 무장하지 않은 조선의 백성들이 광화문 주위를 둘러싸고 막아선 것이었다. 백성들은 이연의 경장책으로 자기 땅을 일굴 수 있다는 희망에 부풀어 있었다. 그런데 왜구의 침략으로 물거품이 될 위기에 처하게 된 것이었다. 경복궁에 몰려든 이들은 임금의 피란 사실을 알지 못했다. 새로운 조선을 위해서 반드시 임금을 지켜야 한다는 의기義氣가 있었다. 백성에게는 내 땅이 없는 조선과 내 땅이 있는 조선은 하늘과 땅 차이였던 것이다.

왜장 고니시 유키나가가 해산을 종용했다. 그러나 조선 백성들은 꿈쩍도 하지 않았다. 왜장은 더 지체할 수 없다고 생각했다. 빨리 조선 임금을 생포해야 했다. 모조리 베어 버리고 궐내로 진입하라 명했다. 끔찍한 도륙이 자행되었다. 이날 죽은 이들만 1천 명에 이르렀다. 왜군은 경복궁과 창덕궁, 창경궁에 불을 질렀다.

그러나 조선의 임금을 찾을 수는 없었다. 왜군으로서는 무척 당혹스러운 상황이었다. 조선의 임금을 잡아 전쟁을 빨리 끝낸다는 히데요시의 전략은 실패했다. 왜군은 평안도, 함경도, 황해도로 나눠 진격했다. 7월에는 평양성을 점령했다. 회령에서는 왕자 임해군과 순화군을 생포했다. 이연은 의주까지 피해야 했다.

이순신, 왜군의 보급선을 차단하다

남쪽 바다에서 연이어 승전보가 올라왔다. 남쪽 바다에서의 승리는 왜군의 보급선 차단에 성공했음을 뜻하는 것이었다. 이때부터 조왜 전쟁의 양상은 조선 쪽으로 기울기 시작했다.

옥포에서 전라좌수사 이순신이 이끄는 수군이 적선 26척을 섬멸했다는 승전보가 올라왔다. 최초로 조선군이 승리한 전투였다. 이후 전진포와 합포의 소규모 해전에서도 조선 수군이 승리했다. 이연은 어찌나 기뻤던지 이순신을 종2품 가선대부로 봉했다.

노량에 왜군 적선이 있다는 첩보를 들은 이순신은 처음으로 거북선을 출전시켜 사천에서 적선 12척을 격멸했다. 이어 당포, 당항포, 율포에서도 승리했다. 이연은 이순신의 품계를 자헌대부로 올렸다.

이순신은 한산도에서 처음으로 학익진鶴翼陣을 구사하여 대승리를 일궈냈다. 이어진 인골포 해전까지 포함해 왜군은

100척의 전투선을 잃었다. 수군에 관한 한 자신만만했던 도요토미 히데요시는 해전 금지령을 내리고 해안선 방어에 주력하라 명했다.

조선이 남해안의 제해권을 되찾았다. 왜군의 식량·무기 보급로가 끊기면서 조선은 전라도, 충청도, 황해도 등 주요 곡창 지대를 지켜낼 수 있었다. 곡창 지대의 사수로 관군과 의병들에 대한 식량 보급이 가능해졌다. 비로소 조선군은 잃었던 사기를 되찾았다. 곳곳에서 의병이 활발하게 일어났다.

8월 왜군이 김해와 양산 등으로 도주하려 한다는 첩보를 듣자, 이순신은 왜군의 본부로 쓰이고 있는 부산포를 습격해 왜선 100척을 수장시켰다. 왜군은 이순신을 군신軍神이라 부르며 두려워했다.

이연, 정음으로 효유문을 쓰게 하다

이연은 초기 전투에서 밀렸으나 반격에 성공하면서 전쟁을 승리로 이끌 수 있다는 자신감이 생겼다. 조선의 수군이 왜 본토로부터의 보급선을 끊기만 한다면 왜군이 오래 버티기 어려울 것이었다. 왜군이 이연을 생포하기 위해 빠른 속도로 북쪽으로 진군해 왔기 때문에 곡창 지대인 호남을 비롯해 많은 지역이 미점령 상태로 남아 있었다. 그리고 정전당 세력이 있었다. 이연은 본격적으로 조선이 반격을 가할 때라 생각했다.

이연은 임진년 8월 정언신과 류성룡에게 정음으로 효유문을 써서 전국 곳곳에 대대적으로 의병을 독려하는 방문榜文을 붙이라고 명했다. 평민들의 문자가 정음이었고, 양반 사대부들 중에서도 정음을 익힌 이들이 많아 급박한 상황에서 빨리 깨닫고 알아듣게 하기 위해서는 정음으로 방문을 써 붙일 필요가 있었던 것이다.

효유문은 이연이 정음으로 직접 썼다. 이연은 정음으로

자주 간찰을 썼을 정도로 정음에 익숙했고 조예가 있었다.

임금이 미욱하여 백성들이 전란의 화를 당하고 있으니 이만저만 괴로운 것이 아니구나. 내가 난을 피해 떠난 궁궐을 지키려다 쓰러진 이들이 헤아릴 수 없다니 내 마음이 찢어진다.

나는 천전제를 실시하고, 노비와 천민들에게 씌워진 신분의 굴레를 벗기는 등 새 제도로 새로운 조선을 만들고자 했다. 그러나 저 잔악무도한 왜구들의 침탈로 뜻이 일시적으로 꺾였으니 그 분함이 이루 말할 수 없다.

의로운 백성들이여! 나는 그대들이 소유하고 일굴 땅을 마련해 주겠다는 약속을 저버리지 않고 반드시 지킬 것이다. 전투에서 공을 세운 자에게는 양반, 천인 구별 없이 반드시 큰 보상이 따를 것이다. 나라를 지키고 새로운 조선을 만들겠다는 마음으로 의병을 일으키는 데 주저함이 없기를 바라노라.

이연은 정철에게 임꺽정을 만나 정전당 세력의 참전을 독려하라는 밀지를 보냈다. 당시 정전당 세력은 점령지 대부분을 조정에 반환하고 다수는 산개를 한 상태였다. 그러나 경장의 후속 협상이 마무리되지 않았기 때문에 주력은 산채에 집결해 있었다. 임꺽정도 금강산 본채로 들어가 있었다. 임꺽정은 왜와의 전쟁을 주시하고 있었다.

여진족의 강자로 떠오르고 있는 누르하치가 원군을 보내겠다는 제안을 해왔다. 이연은 단칼에 거절했다. 조정 신료들은 명나라에 원군을 요청하자 했지만, 이연은 조선은 조선 사람이 지켜야 한다며 이 또한 물리쳤다. 이연은 명군이 원군을 보낸다면 조선에 더 무리한 사대를 요구할 것이고 원군의 주력이 북방의 여진족과 몽골족이 될 것인데, 그러면 전쟁이 끝난 뒤에도 북변北邊에 큰 후환이 될 수 있음을 들어 반대한 것이었다. 다만 이연은 명나라에 식량 원조를 요청하는 사신을 보내자는 주장에 대해서는 그리하는 것이 좋겠다고 했다. 얼마 후 명나라는 식량을 원조하겠다는 뜻을 밝혀 왔다.

이연은 광해군을 세자로 급히 책봉했다. 그리고 세자에게 만일의 사태를 대비해 분조分朝를 이끌도록 했다. 세자에게는 특별히 군량을 조달하고 의병을 일으키는 데 주력하라 했다. 그리고 앞으로 모든 군사 문서와 기밀 문서는 정음으로만 쓰도록 했다. 왜군이 정음을 소문으로 들어 알고 있겠지만 이를 읽을 수 있는 사람들은 없었기 때문이다.

정전당의 참전 결의

금강산 본채에 정전당 지도부가 모였다. 임꺽정은 임금이 정철을 보내 정전당 세력이 왜군과의 전투에 결합해 줄 것을 요청했음을 알렸다.

김기남이 의견을 밝혔다.

"이미 조선은 그 수명을 다했습니다. 왜놈들에게 쫓겨 의주로 냅다 도망간 임금의 꼬라지를 보십시오. 저런 임금을 믿고 백성으로 살아갈 수는 없는 노릇입니다. 지금 우리가 조정과 손을 잡고 왜놈과 맞선다는 것은 수명이 다한 조선의 조정을 연명시키는 것에 불과합니다. 저는 관망하다가 차라리 왜와 협상을 하여 남쪽은 왜가 차지하고 북쪽은 우리 정전당이 차지하는 것이 현명하다고 생각합니다. 어차피 왜가 조선 전역을 차지하는 것은 불가능하지 않겠습니까."

임꺽정이 대노하며 탁자를 내리쳤다.

"무슨 소리를 하는 것이오! 우리는 이미 조정과 경장책에 합의를 했소. 우리가 이루고자 한 것은 조선의 경장이지 역성혁명이 아니오. 앞으로 조선 땅은 우리 민초들이 일구어야 할 자기 땅이고, 우리 민초들이 땔감을 얻어야 할 자기 산이기도 합니다. 온전한 조선이 있어야 온전한 새로운 조선이 가능한 것입니다.

지금 왜구의 침략으로 고통을 받는 것은 비단 임금과 신료에 그치는 것이 아닙니다. 우리와 함께했던 수많은 이들이 더 큰 고통을 겪고 있습니다. 많은 이들이 죽어 나가고, 겁탈당하고. 포로와 노예로 잡혀가고, 굶주림에 죽고 있습니다. 그들의 고통을 외면하면서 어찌 대동세상이니, 율도의 나라니 말할 수 있단 말입니까. 지금은 조정과 함께 왜구에 맞서 싸워야 할 때입니다."

정전당은 참전하기로 결정했다. 독자적으로 의병대를 조직하되 필요하다면 관군이나 다른 의병과 결합해 싸우기로 했다. 임꺽정은 정전당 당수의 이름으로 정음 격문을 전국 곳곳과 사찰에 부치도록 했다.

정전당의 참전 결의로 조선은 관군과 의병 합해 17만의 군사를 일으키게 됐다.

조선 육군의 대대적 반격

임진년 겨울로 접어들면서 왜군은 북쪽의 매서운 추위와 폭설로 인해 큰 어려움을 겪어야 했다. 이때 함경도 북평사였던 정문부가 이끄는 3,500여 명의 의병대가 회령과 명천을 탈환했다. 이어 길주성에서 공방전을 벌였다. 왜장 가토 기요마사는 폭설로 북쪽으로 진군하기가 어렵고, 왜군의 피해가 큰 데다 보급품도 부족해지자 북상을 포기하고 남쪽으로 군사를 물렸다. 조선군이 북상하는 왜군 선봉대를 최초로 꺾은 전투로, 북관대첩이라 했다.

가토 기요마사는 안변으로 철수했다가 그곳에서도 보급의 어려움으로 아사자가 발생하고 동사자가 속출하자 견디지 못하고 한양으로 퇴각했다.

왜군은 임진년 10월에 조선의 대표적 곡창 지대인 전라도를 점령할 계획이었다. 그러기 위해서는 진주성을 반드시 함락해야 했다. 부산포에서 파죽지세로 북상했던 왜군은 점차 경상도를 중심으로 한 조선 의병들의 반격으로 후방에서 어려움을 겪기 시작했다. 그 의병 활동의 중심에 진주성이 있었다. 전라도를 점령하고, 후방 안정을 위해서 왜군은 반드시 진주성을 점령해야 했다. 바닷길을 통한 전라도 진출은 이순신에게 꽉 막혀 있었다.

당시 진주성은 진주목사 김시민이 지휘하고 있었는데, 전라도와 경상도의 정전당 세력이 집결해 있었다. 병력은 3,800명 정도였다. 성 밖에서는 곽재우, 정유경, 김준민, 최경희가 이끄는 의병대가 호응했다. 왜군은 한양에 주둔하고 있던 정예병과 김해성의 병력을 이동시켰다. 병력이 자그마치 3만 명에 달했다. 조선군은 진주성으로 향하는 왜군을 막으려 했으나 대패해 8천 명의 전사자가 발생했다. 왜군은 대나무 사다리를 만들어 진주성 총공격에 나섰다. 조선군은 병력의 열세에도 불구하고 필사적으로 싸워 승리했다. 왜군 장수 300명과 병사 1만 명이 사망했다. 이 전투에서 진주목사 김시민도 이마에 총상을 입어 끝내 숨을 거뒀다.

진주성이 함락된다면 전세는 왜군으로 확실히 기울 것이었다. 그렇게 되면 이순신의 수군도 안전할 수가 없었다. 육지 쪽의 배후에서 언제든 왜군에게 습격당할 수 있었기 때문이다. 진주성은 무조건 지켜내야 할 요충지였다.

조선군은 두 차례 평양성 탈환을 시도했으나 무위에 그쳤었다. 1593년 1월 들어서 관군과 임꺽정이 이끄는 정전당의 주력이 연합 부대를 형성해 평양성을 탈환할 계획을 세웠다. 총 5만여 명의 병력이 동원되었다. 그중에는 유정과 휴정이 이끄는 승군僧軍 2,200명도 있었다. 조선군은 몇 차례 간헐적인 공격을 시도하다 2월 8일에 대대적인 공격을 가했다. 고니시 유키나가가 이끄는 왜군은 1만 8,000명의 병력으로 맞섰으나 전사자가 속출하자 평양성에서 철수했다. 평양성에서 후퇴해 한양에 도착한 고니시의 왜군은 6,600명에 불과했다.

조선은 평양성을 잃은 지 7개월 만에 탈환한 것이었다. 이연은 평양성을 탈환했다는 소식을 듣자, 의주를 떠나 남쪽으로 향했다.

자신감이 생긴 조선군은 왜군을 추격하며 남쪽으로 몰아갔다. 그러나 벽제관에서 뼈아픈 패배를 당했다. 의욕이 앞서 무리하게 선봉대가 적진 깊숙이 들어갔다가 큰 낭패를 본 것이었다. 한양을 수복하겠다는 희망이 주춤해졌다.

권율은 광주목사로 이치 전투를 승리로 이끌어 왜군의 전라도 공략을 막아냈었다. 그 공으로 전라도 감사 겸 순찰사로 승직했다.

권율의 조선군은 한양을 수복하기 위해 수원성에 머물렀다가 1593년 2월 2만여 명의 병력을 행주산성에 집결시켰다. 권율은 행주산성을 수축修築하게 하고 목책을 쌓게 했다. 이때 왜군은 북쪽의 군대가 총퇴각해 한양으로 집결할 때라 병력이 3만 명이 넘었고, 벽제관 전투에서 승리한 직후여서 사기가 다시 살아나 있었다. 조선군의 병력은 3천여 명에 지나지 않았다.

왜군이 행주산성을 맹렬히 공격했다. 아홉 차례나 공격을 퍼부었으나 권율의 조선군이 승리했다. 행주대첩으로 왜병의 예봉은 완전히 꺾이고 말았다. 왜병은 한양에서 철수했다. 1년 만에 한양을 수복한 것이었다.

2차 진주성 전투와 임꺽정·김기남의 전사

왜군이 한양에서 퇴각한 이후 화친 협상이 시작되었다. 도요토미 히데요시는 협상에서 유리한 위치를 차지하기 위해 경상우도와 전라도 공격이 필요하다며 그 관문인 진주성을 총공격하라는 명령을 내렸다.

7년 전쟁 기간 중 가장 큰 전투인 2차 진주성 전투가 벌어졌다. 왜군은 이 전투에 10만 명의 병력을 동원했다. 왜군은 조선군에게 진주성을 비우고 물러나라고 압력을 가했다. 조정에서는 진주성을 지키기 어렵다는 것이 중론이었다. 도원수 권율은 진주성을 지키는 것이 무리이니 퇴각할 것을 주장했고, 의병장 곽재우마저 진주성 전투는 무리라고 주장하는 판국이었다. 그런데 많은 백성들이 1차 진주성 전투를 떠올리며 진주성으로 몰려오고 있었다.

이때 임꺽정이 나섰다. 삼남의 정전당 의병들에게 진주성으로 달려오라 명령을 내렸다. 임꺽정은 진주성 전투가 왜병을 바다 건너로 몰아내느냐 못하느냐는 분기점이 될 것으로 판단했다. 진주성이 무너져 호남과 충청이 무너지면 전쟁이 조기에 끝나는 것은 불가하다고 생각했다. 정전당은 평양성 수복에서 공을 세워 자신들의 존재를 과시했다. 그 이후 전국 도처에서 유격전을 통해 성과를 올리긴 했지만 큰 전투에서 성과를 올리지 못한 것도 사실이었다. 정전당은 행주대첩에도 결합하지 못했다.

임꺽정은 전쟁이 끝난 후 조정과 합의한 경장책의 이행을 확실하게 하기 위해서라도 정전당의 활약이 필요하다고 보았다. 진주성으로 5천 명의 정전당 의병이 집결했다. 진주성은 죽기를 각오한 충청도병마절도사 황진 등의 관군과 김천일 등이 이끄는 의병, 그리고 정전당이 지켜내야 할 상황이었다. 병력은 모두 7천 명 정도였다.

임꺽정은 진주성 전투에서 생을 마감하게 될 것임을 직감했다. 임꺽정은 전라도 연장인 김기남에게 진주성으로 들어오지 말라고 간찰을 보냈다.

'나는 아마도 진주성에서 파란만장했던 삶을 끝낼 것 같습니다. 내 나이 들어 칼조차 제대로 휘두를 힘이 없지만 왜놈들을 향해 고함이라도 지르면서 진주성에 결집한 정전당 사람들과 함께할 것입니다. 나이를 핑계로 비겁하게 뒤로 빠져 있지 않을 것입니다. 나는 이 운명을 거스르지 않고 처연히 받아들일 생각입니다.

내가 김 연장을 진주성으로 들어오지 말라고 한 이유가

있습니다. 내가 죽고 난 후 정전당이 혼란에 빠져서는 절대 안 됩니다. 나와 김 연장의 생각이 맞지 않은 일들이 많았지만 나는 김 연장을 마음속 깊이 신뢰하고 있습니다. 김 연장의 의지와 진심을 알고 있기 때문입니다.

우리 정전당 내에서 김 연장만큼 신망이 두터운 사람이 없습니다. 정전당 당수는 선출 과정을 거칩니다만, 나와 다른 사람들의 생각이 크게 다르지 않기에 다음 정전당 당수는 김기남 연장이 될 가능성이 높을 것입니다.

김 연장. 내 김 연장의 의기는 높이 사나 너무 이상과 원칙에 매달려서 현실을 저버리는 실수는 하지 않기를 바랍니다. 이상을 현실에 녹여내야 하는 것이지 현실을 이상에 억지로 잡아끌 수는 없는 노릇입니다.

전쟁이 언제까지 계속될지 모르겠지만 언젠가 끝나겠지요. 정전당을 잘 부탁합니다. 조정과의 협상을 잘 마무리해 주세요. 만일 조정에서 정전당과의 합의를 근본적으로 되돌리려 한다면 그때는 2차 봉기에 나서야 할 것입니다. 그런 엄혹한 일이 다시 일어나지 않기를 바라겠습니다.

마지막으로 당부드릴 것이 있습니다. 조총 습득 과정에서 알았듯이 저 멀리 색목인들이 일군 문명은 놀랍기도 하고 두려운 것이기도 합니다. 그 문명을 빨리 습득해야 할 것입니다. 여건이 된다면 조정과 협의하든, 정전당 독자적으로 하든 색목인의 땅에 사람을 보내 직접 보고, 듣고, 겪게 하는 것

이 좋겠습니다. 새로운 조선을 위해 반드시 필요할 거라 생각합니다. 그럼 이만.'

김기남은 임꺽정의 뜻을 따르지 않았다. 김기남은 진주성으로 일군의 정전당 무리를 이끌고 들어왔다. 놀란 눈빛으로 바라보는 임꺽정에게 김기남이 말했다.

"당수, 섭섭합니다. 저는 오래전부터 당수와 함께 죽음을 맞이할 수 있다면 더없는 영광이라 생각하고 있었습니다. 정전당은 저 아니라도 잘 이끌어 나갈 젊은이들이 많습니다. 지리산 초장인 박곤의 신망이 두텁습니다. 정전당을 잘 이끌어 나갈 수 있습니다. 단도리를 하고 진주성으로 들어왔으니 걱정하시지 말기 바랍니다. 저세상으로 가는 길에 어찌 당수 혼자 가시려 합니까. 제가 든든한 동반자가 되겠습니다. 죽어야 할 상황이 된다면 당수께서 제 목을 쳐주시기를 간절히 원합니다."

결국 진주성은 왜병의 공격이 시작된 지 열흘 만에 함락되고 말았다. 조선군은 몰살하다시피 했다. 진주성에 모였던 백성들도 화를 면하지 못했다.

왜병이 달려들기 직전이었다. 임꺽정이 우레와 같이 소리를 쳤다.

"이 도적놈들아! 내 어찌 이 순결한 몸을 도적놈들이 난도질하게 놔둘쏘냐. 이놈들, 저리 물러서거라!"

임꺽정이 김기남을 쳐다보았다.

“김연장 잠깐 먼저 가시오. 내 곧 뒤따르겠소.”

김기남이 말했다.

“시원하게 쳐주십시오. 당수의 칼끝에 죽을 수 있다니 이 얼마나 다행스런 일입니까. 내 웃으면서 당수의 칼을 받겠습니다. 이 원수놈들, 그래도 네놈들 덕분에 임꺽정 당수와 한날에 죽고 싶다는 소망이 이뤄지는구나.”

김기남은 웃고 있었다. 임꺽정의 칼이 번쩍하며 허공을 갈랐다.

임꺽정은 제자리에 털썩 주저앉아 정좌를 했다. 그리고 옷섶을 열어젖혔다. 칼을 앞으로 들고 배를 갈랐다. 뱃속에서 내장이 삐져 나왔다. 임꺽정은 눈을 부릅뜨고 칼을 놓지 않은 채 앞으로 쓰러졌다.

왜병은 진주성을 함락했지만 더 북상하지는 않았다. 성을 더 쌓고 지키기만 할 뿐 나와 싸우지 않았다. 휴전에 들어가면서 전쟁을 끝내기 위한 협상이 본격화됐다.

임꺽정과 김기남의 전사 소식은 빠르게 조정과 정전당에 전해졌다. 정전당 지도부는 금강산 본채에서 긴급하게 회합을 갖고 박곤을 당수로 선출했다.

정전당의 민총 개발

정전당의 특임대가 마카오에서 조총 3정을 구해 온 이후 분해하고 실험을 거듭한 끝에 3년 만에 완전 복제품을 만들 수 있었다. 임꺽정은 생존 당시 복제품에 그칠 것이 아니라 성능을 개량할 것을 주장했다. 왜병이 사용하는 조총보다 더 성능이 좋은 것을 만들어야 한다는 요구였다. 그러면서 총의 이름을 민총民銃이라 하라 했다.

개량 작업은 사격의 정확도를 높이는 것에 집중됐다. 여러 차례의 실험과 시행착오 끝에 괴머리판을 구상했다. 화약이 터지는 것은 그 충격이 커서 아무래도 사격의 정확성에 적지 않은 영향을 미쳤다. 당시 조총은 면착식面着式으로 얼굴에 총신 끝부분을 대는 방식이었다. 이것을 어깨에 총신의 끝을 밀착시키는 견착식肩着式으로 개량하니 명중률이 더 높아지는 것을 확인할 수 있었다. 물레 가운데의 받침나무를 괴머리라고 했는데 어깨에 괴는 모양이 비슷하다 해서 이름을 괴머리라 했다.

신임 정전당 당수가 된 박곤은 비밀 제조창을 만들어 민총을 대량으로 제작하라 했다. 그리고 흑색화약의 대량 제조를 위해 초석과 황, 숯을 확보하는 데 심혈을 기울이라 했다.

또 하나 개발에 주력한 것이 있으니 방탄대防彈帶였다. 제지장들을 동원해 노력한 끝에 닥나무로 만든 종이를 가로세로 엇갈리게 해서 아교로 붙여 두터운 방탄 종이더미를 만들었다. 종이 150장을 정교하게 압착시킨 종이더미를 탄환이 뚫지 못한다는 것을 알게 된 것이었다. 헝겊으로 대를 만들고 단단하게 묶어 부착하도록 했는데, 종이더미는 심장과 배 두 곳을 가리도록 주머니에 넣어 꿰매도록 했다. 대는 세 번 묶도록 해 몸에 단단하게 고정시켰다. 종이더미는 소들의 힘을 빌려 기구를 돌려 날카로운 칼날로 잘라 만들었다.

정전당은 개량한 괴머리 민총과 방탄대를 갖추게 되면서 공격·방어 양 측면에서 획기적으로 무장력을 높일 수 있었다. 승자총통 정도에서 획기적으로 발전한 것이었다. 박곤은 이 모든 것을 철저히 비밀로 하라 했다. 정전당 지도부 내에서도 박곤 등 세 명의 수뇌 외에는 극비에 부쳐졌다.

이순신의 고난

이순신은 뛰어난 무인 이전에 엄격한 유학자였다. 충효忠孝와 수신修身, 제가濟家와 목민牧民에 한 치의 흐트러짐이 없도록 자신을 채근했다. 이런 이순신에게 정전당은 역도逆道의 무리였고, 이연이 추진하는 경장책은 도학의 신분 질서를 근본부터 뒤흔드는 것으로 보였다. 이순신은 자신의 든든한 뒷배가 돼주곤 했던 류성룡을 만날 때면 울분을 토하듯 자신의 생각을 밝혔다. 이순신은 기회가 되면 목숨을 걸고 이 문제를 공개적으로 드러내리라 다짐하고 있었다.

이연은 정전당의 참전으로 조선이 큰 위기를 넘기고 있다 생각했다. 진주성 전투에서 목숨을 아끼지 않았던 임꺽정을 생각하며 여러 차례 슬픔에 젖기도 했다. 이연은 전쟁에서 승리하기 위해서는 정전당이 앞으로도 많은 역할을 해야 할 것이라 판단하고 있었다.

그런데 문제가 터지고 말았다. 정전당의 의병 중 바다에 익숙해 수군으로 배속할 만한 이들이 꽤 있었다. 이연은 이들을 골라 뽑아 삼도수군통제사인 이순신 휘하에 배속해 수군을 확충하려 했다. 육전陸戰뿐만 아니라 해전에서도 정전당의 힘을 활용할 생각이었던 것이다. 그러나 이순신이 완강하게 반대했다. 자신에게 역도의 무리는 배척의 대상이지 함께할 수 없다며 하명을 거두어 달라고 했다. 이연은 이순신의 충절의 마음을 의심치 않으나 정전당과 힘을 합치는 것은 반드시 이뤄야 할 나라의 시책이라며 물러설 뜻이 없다는 것을 명확히 했다. 그래도 이순신은 물러서지 않았다.

이연은 이순신을 무척 아꼈다. 녹둔도 전투 때부터 이순신의 무공武功을 높이 샀고 모함으로 위험에 빠질 때면 구하려 마음을 썼다. 이순신은 왜란에서 이연의 각별한 마음에 넘칠 정도로 부응했다. 이순신이 나가 공격하라는 명을 거역할 때에도 이순신의 판단을 너그러이 존중했다. 그러나 이연의 이순신 개인에 대한 깊은 마음만으로 정사政事를 결정할 수 있는 것이 아니었다. 임금은 선공후사先公後私를 위해 냉정해야 했다.

이연은 부산 왜영倭營 방화 사건 허위 보고와 가토 기요마사의 조선 입국 당시 공격 명령을 이행하지 않은 것을 들어 이순신을 파직시키고 한양으로 압송해 죄를 물으라 명했다. 그리고 이순신 후임으로 원균을 임명했다.

이순신의 팔순이 넘은 노모는 아들이 한양으로 압송됐다는 소식을 듣고 한양으로 올라오던 중 객사했다. 이순신은 몸부림치며 오열했다. 이순신은 한 번도 임금을 원망하지 않았으나 노모의 죽음 앞에서는 이연을 원망하지 않을 수 없었다. 이순신은 전시 상황이라 노모의 3년상을 치를 수도 없는 형편이었다.

이순신은 곧 풀려났다. 그리고 백의종군을 명 받았다.

정유재란

종전을 위한 협상이 조선과 왜 사이에서 지루하게 진행됐다. 도요토미 히데요시는 삼남을 왜의 영토로 인정할 것과 조선의 왕자를 인질로 보낼 것을 고집스럽게 요구했다. 조선 입장에서는 도저히 받아들일 수 없는 요구였다. 정유년에 히데요시는 14만 명에 이르는 왜군을 동원해 재침략을 해왔다.

왜는 정유재란 전, 수전水戰에서 왜 완패했는지 그 이유를 분석하고 새로운 전략을 세웠다. 조선 수군의 주력선인 판옥선板屋船이 왜의 전선戰船인 세케부네보다 월등히 강력하니 판옥선 한 척당 세케부네 4~5척이 빠르게 근접해 화포를 장전할 여유를 주지 않고 백병전을 벌일 것, 수군만으로는 역부족이니 육군과 합동 작전을 펼칠 것, 밤에 기습 작전을 펼친다는 등의 전략을 세운 것이었다.

왜 수군의 새로운 전략은 칠천량 해전에 적용됐다. 당시 조선이 갖고 있는 배, 병력, 군량미, 화약 등은 왜를 압도할 만한 수준이었지만 지리멸렬하게 궤멸하고 말았다. 판옥선 134척 중 약 70척, 거북선 3척이 침몰했고 1만여 명이 전사했다. 정전당의 의병 수군 2천 명도 몰살당했다. 삼군수군통제사 원균, 전라우수사 이억기, 충청 수군절도사 최호 등도 전사했다.

이 전투로 조선은 전쟁 기간에 한 번도 잃지 않았던 남해의 제해권을 처음으로 상실했다. 왜의 전략인 수륙병진水陸竝進이 가능해진 것이었다. 당장 전라·경상·충청의 삼남이 위태로워졌다. 왜군은 고령을 거쳐 구례, 남원, 전주로 진격했다. 전라도 땅이 점령당한 것이다. 곡창 지대인 전라도를 점령하면서 왜군은 군량미 문제를 해소했고 조선군은 군량미 확보에 치명상을 입었다. 왜군은 충청도 직산까지 진출했다. 조선은 다시 큰 위기에 봉착했다.

정전당, 민총을 보급하다

정전당 지도부는 왜군의 북상에 위기감을 느꼈다. 박곤은 결단을 내렸다. 정전당의 민총을 전투 현장에 보급하기로 한 것이다. 박곤은 영의정 류성룡에게 이 일을 알렸다. 류성룡은 마침내 전쟁을 끝낼 계기가 마련됐다 기뻐하며 이 사실을 이연에게 보고했다.

이연은 비변사에 명하여 정전당으로부터 민총을 수령하게 했다. 정전당은 1차로 민총 2천 정을 건넸다. 비변사에서는 전선戰線에 민총을 배분하고 사용법을 숙지하도록 군사들을 훈련시키라 명했다. 방탄대 500개도 전달했다.

민총과 방탄대의 보급으로 전세는 서서히 역전돼 가고 있었다. 화력과 방어력에서 조선이 왜를 압도했던 것이다. 방탄대를 하고 돌격해 오는 조선군을 보며 왜군들이 혼비백산해 도망가기 일쑤였다.

칠천량 전투 이후 삼군수군통제사로 복귀한 이순신 휘하의 수군에게도 민총을 배분할 계획이었다. 그러나 이순신은 새로운 무기를 도입하는 것이 오히려 군사들의 혼란을 초래하고 작전에도 좋지 않은 영향을 미칠 수 있다며 한사코 수령을 거부했다. 역도들이 제공한 민총을 절대 수령할 수 없다는 것이었다.

이순신의 죽음

이연은 도원수 권율 휘하에서 백의종군하고 있던 이순신에게 복귀를 명했다. 이순신은 복귀하면서 이연에게 차자箚子를 올렸다.

'신臣 이순신은 이번에 복귀한다면 아마도 불귀의 객이 될 것입니다. 죽을 각오로 싸울 것입니다.

노모의 급작스런 사망에 삼년상을 치르는 것이 효이나 나라의 위급함에 있어서는 효보다 충이 앞서는 것이니 눈물을 머금고 전장으로 갈 것입니다. 충을 다한 이후 저세상에 가서 혼만 있을지라도 못다한 노모의 삼년상을 치를 것입니다.

전하, 신의 충의 대상은 도학의 정신에 따라 위아래 신분이 있고, 그 신분에 따른 예에 소홀함이 없는 조선이고 전하입니다. 나라가 잘 운영되기 위해서는 누군가는 위에 있고, 또 누군가는 아래에 있어야 합니다. 세상에는 강함과 약함이 있고 우열이 있기 마련입니다. 그것이 자연의 이치이자 만고불변의 진리입니다. 신분이라는 것은 그 이치와 진리가 외화

된 것입니다. 임금이 있고 신하가 있고, 사대부가 있고 평민과 천인이 있어 각기 지위와 역할이 있고 그에 따라 각기 따라야 할 예의가 있는 것입니다.

정전당은 역도의 무리에 불과합니다. 조정에서는 쉬쉬하고 있으나 전쟁 중에 난을 일으킨 송유진과 이몽학의 반도叛徒들도 사실 정전당의 끄나풀이 아니었습니까. 어찌 저런 자들과 얼굴을 맞댈 수가 있겠습니까.

지금 전하께서 추진하려는 경장책은 시의時宜의 위급함에 대한 어쩔 수 없는 대책이 아니라 도학에 의해 건국된 조선의 근본을 저버리는 것입니다. 경장에 따르면 앞으로 조선은 양반과 평민이라는 두 신분 사회가 됩니다. 지금이야 그렇지만 얼마 안 가 양반과 평민의 구별조차 없애자는 논의가 일어날 것입니다. 그러면 임금의 자리도 없어질 것입니다. 모두가 신분상 같다면 더 낫다 여기는 이들이 있겠으나 결국은 상하좌우가 없어져 더 혼란한 세상이 될 것입니다.

전하, 저는 신분 질서가 조화로운 조선을 위해 죽는 것입니다. 조선을 상징하는 임금을 위해, 조선의 종묘사직을 위해 죽는 것입니다. 이 점 헤아려 주시고 기억해 주시기를 바랄 따름입니다.

신에게는 아직 열두 척의 배가 남아 있사옵니다. 조선을 위해 승전하고 조선을 위해 죽을 것입니다. 어차피 이런 불경한 차계箚啟를 올린 것만으로도 신은 죽어야 할 몸이옵니

다. 의금부 옥 안에서 죽느니 무인답게 전장에서 죽을 것입니다.'

조정 대신 대부분은 워낙 수군이 궤멸된 상황이라 수군을 육군과 합치거나 관할 해역을 방어하게만 하자거나, 남은 수군을 강화도로 모으자는 등의 주장을 했으나 이순신은 모두 물리치고 해전을 선택했다. 남해의 통제권을 포기하면 왜의 보급이 수월해져 한양까지 금세 위태로워진다는 것이 이순신의 생각이었다. 이순신은 울돌목 해전에서 13척의 배로 왜군의 배 133척을 무찔러 기적과 같이 승리했다.

왜의 수군은 감히 서해안으로 자신 있게 진격할 엄두를 내지 못했다. 보급에도 큰 차질이 빚어졌다. 이로써 금강하구까지 진출해 수륙병진을 펼친다는 왜군의 전략은 실패로 돌아갔다. 왜군은 명량해전에 대한 복수로 아산으로 쳐들어가 이순신의 셋째 아들을 살해했다. 민총과 방탄대로 무장한 조선군이 경기도 죽산까지 진출한 왜군을 밀어내기 시작했다. 민총과 방탄대를 접한 왜군은 놀라움과 두려움에 휩싸였다. 왜군은 순천과 울산으로 밀려났다. 조선군이 순천과 울산성을 공격했지만 왜군이 막아내면서 전쟁은 교착 상태에 빠졌다.

도요토미 히데요시가 죽었다. 왜군에게 조선 철수령이 내려졌다. 이순신은 퇴각하는 왜군을 몰살시킬 작정이었다. 노량이 조왜 7년 전쟁의 최후의 전장이 됐다. 왜는 300척의 배에 8,500여 명의 군사가 타고 있었다. 왜군이 이 해전에서 진다는 것은 자기네 땅으로 돌아가지 못하고 고깃밥이 된다는 것이었기 때문에 필사적으로 달려들어 난전이 벌어졌다. 그동안 조선의 해전은 우월한 화력과 사정거리를 바탕으로 한 포격전 위주였다. 그러나 노량의 전투에서는 왜군을 섬멸하는 게 목적이었으므로 근접전을 시도했다. 병력의 피해가 클 수밖에 없었다.

이순신이 왜군의 총탄을 맞았다. 이순신은 명량에서 죽었어야 할 목숨이 이제 노량에서 끊어지는구나 생각했다.

"내가 죽었다는 말을 하지 마라."

이 유언을 남기고 이순신이 숨을 거뒀다.

노량 전투에서 이순신 포함 250명 가량이 사망했고, 왜군은 전선 200척이 침몰하고 4천 명 이상이 전사했다. 다만 고니시 유키나가 등 왜의 적장들은 무사히 왜의 본토로 달아났다. 조왜 7년 전쟁의 마지막 전투는 조선의 대승으로 끝났다. 조선군은 남해의 왜성에 숨어 있던 1천여 명의 왜병을 도륙했다.

조선은 7년 전쟁에서 승리했다. 그러나 피해는 참혹했다. 전 국토가 황폐해져 경작지가 3분의 1로 줄어들었고 많은 백성이 죽어 인구가 크게 줄었다. 또 많은 백성이 왜에 포로로 끌려갔다. 불국사가 불탔고 왕조실록을 보관하던 사고도 소실되었다. 뿐만 아니라 많은 문화재를 도둑맞았다.

이연의 눈물

이연이 주안상을 차리라 명했다. 이연은 7년 동안의 전란 기간에 술을 일절 입에 대지 않았다. 그런데 갑자기 주안상을 차리라 한 것이다. 옆에는 이연이 가장 총애하는 인빈 김씨가 있었다. 이연이 연거푸 술잔을 들이켰다.

"전하, 왜 그리 급하게 드시는 것입니까. 옥체가 상할까 걱정입니다."

"인빈, 내가 임금으로 있으면서 전란을 막지 못해 숱한 백성들이 죽고 다치고 포로로 끌려갔으니, 이 무수한 죄를 내가 어떻게 감당해야 할지 두렵기만 합니다. 내가 그리 아끼던 의안군과 신성군 모두 병으로 요절했으니 이 모두 내가 덕이 없어서입니다."

"고정하세요. 빨리 뒷수습을 해 백성들을 고통에서 구제하셔야지요. 세자가 분조分朝를 훌륭하게 이끄는 모습을 보며 든든했습니다. 의안군, 신성군이 이른 나이에 사망한 것은 안타깝지만 다 운명이겠지요. 정원군이 잘 크고 있어 전하께서 아낌없이 사랑을 주시니 시름보다 행복이 더 큽니다."

이연이 인빈을 그윽한 눈빛으로 바라보며 말했다.

"이순신의 죽음을 떠올리니 과인의 마음이 울적해집니다. 순신은 둘도 없는 충신이었소. 조선과 임금에 대해 그는 언제나 진심이었소. 그러나 나라는 충효와 예의의 덕만으로 유지될 수 있는 것이 아니오. 시의에 맞게 경장하지 않으면 유지되기가 힘듭니다. 고려도 그렇지 못했기 때문에 결국 무너진 것이오. 순신은 충직했으나 경장에 대한 문제의식은 부족했소.

임금은 고독한 자리입니다. 임금이 되기 위해 골육지쟁을 마다 않고 반정을 감행하기도 하지만, 막상 자리에 오르면 그 고독의 무게가 얼마나 무거운지 금방 깨닫게 됩니다. 조선은 지금까지의 토지제와 신분제를 고수해서는 화란禍亂에 빠질 수밖에 없는 지경에 있습니다. 정전당의 위세는 무력으로 강압한다고 해결될 정도를 넘어섰습니다. 과인은 이 나라의 임금으로서 경장의 결단을 내려야 했습니다.

순신이 노량에서 왜적들과 싸우다 죽은 것이 어쩌면 다행일지 모르겠다는 생각을 했습니다. 순신의 성정이라면 경장의 실행에 목숨을 걸고 반대했겠지요. 과인은 선택을 할 수밖에 없었을 것입니다. 경장과 순신 중에 선택할 수밖에 없었다는 것이지요. 아끼는 순신을 과인의 명으로 참형하도록 했을 것입니다. 과인에게 얼마나 참담한 일이겠습니까."

이연이 세 개의 잔에 술을 따르라 했다. 이연은 술잔을 얼굴 높이로 들고는 연거푸 마셨다.

"이 잔은 순신의 명복을 빌며 마시도록 하겠소. 또 이 잔은 조선의 경장을 위해 들겠소. 이제 마지막 잔이오. 이 잔은 조선의 앞날을 위해 들겠소."

갑자기 이연이 닭똥 같은 눈물을 뚝뚝 흘렸다. 인빈 또한 눈물을 글썽이며 이연을 살포시 안아 주었다.

8

새로운 조선을 위한 용틀임

– 반동과 항쟁의 소용돌이

경장 실시와 산업 부흥책

1601년 드디어 정전당과 최종 합의를 하고 경장이 실시됐다. 이제 조선은 양반과 평민, 두 신분으로 재편되었다. 노비와 천민은 사라졌다. 노비와 천민도 평민이 된 것이다. 예전의 노비는 이제 품삯을 받고 일하게 되었다. 그리고 모든 이들이 과거에 응시할 수 있게 됐다.

정전당은 해산하기로 했다. 그런데 여전히 정전당 당원들에 대한 문제가 남아 있었다. 이의 처리 문제를 놓고 여러 날 논의가 이어졌다. 일부는 변방, 특히 북쪽과 남쪽 변방의 군사로 배속시키기로 했다. 7년간의 전쟁을 거치면서 평화의 달콤함은 깨졌고 국방에 대한 경각심이 높아진 상황이었다. 또 일부는 천전제에 따라 자기 땅을 불하받아 농사를 지을 수 있도록 했다. 새롭게 왕실의 소유가 된 땅 일부를 불하받았다. 양전을 통해 소유가 명확하지 않았던 토지는 모두 궁방전宮房田으로 수용했고, 그중 일부를 천전제 대상에 포함시켰다. 또한 앞으로 사인이 황무지나 둔전을 개발하는 것을 금하고 모두 관에서 실시해 궁방전으로 포함시키도록 했다. 그러나 이것만으로 다 해결되는 것은 아니었다.

민본원이라는 전국 단위의 새로운 관청이 생겼다. 박곤이 초대 민본원장에 올랐다. 당시 민본원을 구성하는 이들을 민의원이라 했는데 경기 지역의 민의원은 30명, 나머지 지역은 20명으로 구성돼 있었다. 그렇잖아도 전쟁으로 어려운 조정의 재정을 압박할 수밖에 없는 상황이었다. 민본원에서 대책을 마련했다. 새로운 광산을 개발하고 그 개발권을 민본원에서 갖자는 것이었다. 당시 금과 은, 철, 동, 옥을 캐내는 광산은 나라의 것으로 채굴이 필요하면 이를 관리할 경차관敬差官을 파견한 뒤, 해당 지역민들을 부역에 동원하는 방법을 썼다. 연산조에 연철을 화로에 녹여 은을 골라내는 방법인 연은분리법鉛銀分離法이 개발되면서 은광 개발에 대한 관심이 매우 높아졌다. 워낙 돈이 되는 사업이다 보니 몰래 개인이 캐내는 잠채潛採가 성행했다.

정전당은 산속에서의 오랜 은둔과 자립, 그리고 민총과 화약 확보 과정에서 개발할 광산이 꽤 된다는 것을 이미 알고 있던 차였다. 민본원은 기존의 광산은 예전과 동일하게 조정의 소유로 하되, 새로 발굴한 광산의 경우 개발권을 민본원이 갖고 광물의 소유권을 조정과 민본원이 반반 나눠 가질 것을 제안했다. 민본원이 소유한 광물에 대해서는 시세에 맞게 조정이 쌀과 면포로 바꿔 주든지, 그게 여의치 않을 경우 민본원이 처분권을 갖게 하자고 제안했다. 그러면 광산 개발과 채굴에 많은 사람을 쓸 수 있고, 조정의 재정 확충과 민본원의 재정 문제를 모두 해결할 수 있을 것이라 주장했다. 이연과 조정은 이 제안을 받아들였다.

박곤은 그 무렵 불이 붙는 돌, 즉 석탄 개발에 관심을 갖고 있었다. 석탄에 불이 붙으면 그 화력이 나무는 저리 가라 할 정도로 높다는 것을 경험으로 알고 있었다. 땔감의 수요가 늘어나 헐벗은 산이 늘어 가고 있었다. 이 석탄을 개발해 나무 대용으로 쓰거나 무기로 활용한다면 획기적일 것이라고 생각했다. 박곤이 광산 개발권을 가질 수 있도록 조정에 안을 낸 이유 중 드러내 놓지 않은 이유가 바로 이 석탄 개발이었다.

정전당이 소유하고 있던 무기들은 모두 관이 회수하기로 했다. 민총도 예외가 아니었다. 민총 개발을 담당했던 이들은 군기시軍器寺에 배속시켜 무기 제조와 개량에 복무하도록 조치했다. 이연은 군기시에 두 가지 명을 내렸다. 왜란을 극복할 수 있었던 이유 중 하나가 조선군의 압도적인 화력이었던 만큼 개인 화기인 민총의 개량과 함께 포砲의 성능과 기동성을 높일 수 있는 방안을 찾으라 했다. 그리고 판옥선과 거북선 제조에 힘쓰라 했다.

이연이 명을 내린 것이 하나 더 있었으니 군의 보급로 확보를 위해 가도街道를 개발하라는 것이었다. 공조판서를 책임자로 해 한양을 중심으로 팔도의 주요 군사 거점에 원활하게 보급할 수 있는 보급로를 조성하라는 것이었다. 이연은 전란을 겪으면서 조선군의 보급이 수운水運에 치우쳐 한계가 있음을 깨달았다. 세미稅米와 공납의 대부분도 조운선漕運船을 이용한 수운에 의존하고 있었다. 그러나 가도가 조성되면 육지로 운반하는 데 큰 역할을 할 것이었다. 전쟁으로 인해 집을 잃고 땅을 잃은 난민들을 가도 공사라는 국책 사업으로 수용할 수 있을 것이라는 생각도 했다.

조선 해군, 대마도를 점령하다

7년 전쟁이 끝나고 나서 조선 내부적으로 대대적인 경장책이 시행됐다면, 외부적으로는 전쟁 당시 왜로 끌려간 인질과 포로의 송환 문제와 왜가 강탈해 간 문화재의 반환이 큰 문제가 되었다. 이연은 협상에 능한 유정에게 국서를 주어 이 문제를 협상하도록 했다. 특히 남원성에서 잡혀 끌려간 심당길·박평의 등 도공陶工 80여 명을 반드시 송환시켜야 한다고 했다.

왜는 끊임없이 조선의 도자기 기술을 전수해 줄 것을 요구했으나 조선 조정은 이에 응하지 않았다. 도자기는 조선과 왜의 문명 차이를 단적으로 보여주는 상징이었다. 왜는 내부 사정을 이유로 협상을 질질 끌었다.

왜가 내세운 내부 사정이란 도요토미 히데요시 사망 이후 도쿠가와 이에야스를 중심으로 한 동군과 히데요시의 오봉행五奉行 중 한 명이었던 이시다 미츠나리 중심의 서군이 패권을 놓고 대립하고 있다는 것이었다. 1600년에 들어서는 내전 상황에 이르렀을 정도였다. 이연은 조왜 전쟁 때 조선에 투항한 많은 항왜降倭들을 첩자로 쓰기 위해 왜의 본토에 잠입시켜 놓은 까닭에 왜의 상황을 잘 파악하고 있었다.

이연은 삼군수군통제사 이시언에게 판옥선과 거북선 등 전선을 확충하라고 명했다. 이에 이시언은 판옥선 200척과 거북선 50척을 추가로 건조했다.

이연은 왜에 끌려간 조선인들의 송환과 문화재 반환을 위해서 특단의 조치를 취할 필요가 있다 생각했다. 이연이 생각한 것은 대마도의 전격적인 점령이었다. 세종 때 이미 대마도를 정벌한 일도 있었다. 왜에서 세키가하라 전투가 벌어졌다는 소식이 들렸다. 대마도주인 소 요시토시도 장인 고니시 유키나가의 뜻에 따라 서군으로 참전했다. 이연은 이시언에게 판옥선 150척과 거북선 20척, 병력 5천을 이끌고 대마도를 점령하라 명했다. 저항이 있었지만 대마도는 비교적 쉽게 점령됐다. 왜란의 기억이 생생한 조선군은 이시언의 금령이 내려지기 전까지 무차별적으로 왜인들을 살육하고 가옥과 배에 불을 질렀다. 대마도 왜인의 대부분은 깊은 산속으로 몸을 숨겨야 했다.

왜는 조선의 대마도 점령을 심각하게 받아들였지만 내전이 한창이라 이러지도 저러지도 못하는 상황이었다. 세키가하라 전투가 도쿠가와 이에야스의 동군의 승리로 끝났지만 여전히 내전은 진행 중이었다. 이에야스는 조선군과의 교전을 피하기 위해 조선의 요구를 들어주기로 했다. 또다시 전쟁을 치르는 것은 무리라 판단했던 것이다. 이에야스는 유정과의 협상으로 1차로 조선인 도공 포함 3,500명을 송환하고, 뒤이어 실태 파악을 해 추가로 송환하겠다는 뜻을 밝혔다. 문화재는 무단으로 가져간 사찰의 종과 부처상 등을 수거해 반납하겠다 했다. 이에야스는 약속대로 대마도로 포로와 문화재를 보냈고 조선군은 본토로 귀환했다.

구라파 땅을 밟은 최초의 조선인

당시 최기문은 사역원 교수가 돼 있었다. 최기문은 명나라에 사은사로 갔던 사역원 사람들을 통해 '이마두'라는 구라파 사람 얘기를 듣게 됐다. 이마두는 구라파의 이태리라는 나라 사람으로 예수교라는 종교를 선교하기 위해 명나라에 와 있다고 했다. 명나라 황제를 만나기도 했으며, 자명종이라는 시계 등을 바치고 예수교에 대해서 설명했다고 했다.

이마두는 명나라의 황족과 사대부들에게 과학·수학 등의 학문을 가르치기도 했는데, 상당히 앞선 것으로 평가받고 있다고 했다. 예수교의 교리를 한자로 번역한 『천주실의』와 구라파인들의 사상을 정리한 『교우론』, 예수교의 교리를 풀어 쓴 『기인십편』도 중국 사람들에게 호응을 받고 있다고 했다. 이마두를 이자利子라 부르는 중국인들도 있는데, 이는 최고의 존경을 표한다는 의미였다.

명나라 사신으로 갔던 이광정과 권희가 '구라파국여지도'

를 가지고 왔다. '구라파국여지도'는 이마두와 명나라 공부工部의 관리인 이지조가 제작한 세계지도 '곤여만국전도'의 다른 이름이었다. 이연은 그 지도를 보고 느낀 바가 컸다. 그동안 조선의 세계에 대한 시야는 중국, 일본, 만주, 몽골이었고 아무리 넓혀 봐야 천축국天竺國, 회회족回回族의 땅 정도였다. 그런데 '구라파국여지도'를 통해 비로소 세계가 매우 넓다는 것을 알게 된 것이었다. 이연은 구라파에 대한 호기심이 일었다.

게다가 구라파의 해적 선단이 조선 해안을 침공했다가 조선 수군의 공격을 받고 물러난 사건이 있었다. 또 구라파인 마리이가 왜로 가다가 조난을 당해 조선에 들어왔다가 송환된 일도 있었다. 구라파인들은 흑인을 노예로 부린다는 것도 들어 알고 있었다. 조총이든, 민총이든 그 출처는 구라파인들이었다.

최기문은 박곤에게 이마두에 대한 소식을 전하면서 조정과 협의해 중국에 사람을 보내 중국에 와 있는 구라파인에게 접근하게 하고 신뢰를 얻은 다음 구라파에 가서 그곳의 문명을 직접 보고 체험하게 하는 것이 어떻겠느냐는 제안을 했다. 최기문은 임꺽정의 유언에 그런 당부가 있었다는 것을 박곤에게 상기시켰다.

박곤은 이연에게 알현을 청해 구라파에 사람을 비밀리에 파견할 것을 제안했다. 공론화하면 반대 의론이 일어 일이

틀어질 수 있으니 비밀리에 파견할 것을 제안한 것이었다.

이연은 내수사의 자금으로 지원할 테니 누구를 파견하는 것이 좋을지 정해 다시 만나자 했다. 박곤이 이를 최기문과 상의하자, 최기문은 자신이 중국어를 가르친 인재들 중 가장 뛰어난 자로 장백호가 있다며 천거했다. 아직 미혼이고 과거를 치르지 않아 비밀리에 파견하기에 적합할 것이라 했다. 기간이 얼마나 걸릴지 모르고 비용이 많이 드는 만큼 일단 장백호 한 사람을 파견하기로 했다.

장백호는 중국 상인으로 위장해 북경에 들어갔다. 얼마 안 있어 이마두의 사망 소식이 들렸다. 아담 샬이 이마두의 역할을 이었다. 장백호는 『천주실의』를 구해 탐독했다. 그리고 드디어 아담 샬에게 접근하는 데 성공했다. 장백호는 예수교를 받아들이기로 결심했다. 조선 최초의 천주교인이 된 것이다. 장백호는 아담 샬에게 기회가 되면 교황청이 있는 구라파로 가고 싶다는 소망을 밝혔다. 아담 샬은 선교사 페르디난트 페르비스트에게 교황청으로 돌아갈 때 장백호를 데려가라 했다. 장백호는 최초의 천주교인이자 최초로 구라파 땅을 밟은 조선인이 되었다.

이혼, 탈사대를 꿈꾸다

이연은 경장책 실시와 전후 복구에 힘쓰는 한편 공석으로 있던 중전을 간택했다. 이연의 나이 51세로 19세의 왕비를 맞아들인 것이었다. 세자 광해군보다 아홉 살이 어렸다. 왕비는 영창대군과 정명공주를 낳았다. 이연의 적자를 낳은 것이다. 이때 왕비는 이연에게 왕자를 세자로 부를 것인지, 대군으로 부를 것인지 묻는 경솔함을 보였다. 영창대군을 세자처럼 차려 입히기도 했다. 이러다 보니 중궁전 소속 나인들이 동궁전 소속 나인들을 우습게 아는 일이 벌어지기도 했다. 참변의 씨앗이 싹트고 있었다.

이연은 전쟁을 거치며 건강 상태가 무척 나빠졌다. 소화불량에 발작이 일어나는 등 심질心疾까지 앓았다. 결국 이연은 57세의 나이로 사망했다. 41년간 재위하며 전쟁과 경장 등 파란만장한 임금의 삶을 살다 간 것이다. 16년간 세자로 있었던 광해군 이혼이 34세에 임금의 자리에 올랐다.

광해군 이혼은 전쟁 영웅으로 칭송받고 있었다. 전쟁이 일어나자 세자에 책봉된 이혼이 분조를 맡아 자신의 역할을 훌륭하게 해냈던 것이다. 특히 의병들의 거병에 큰 공을 세웠다. 스무 살이 채 되지 않은 나이로 무거운 일들을 해내어 신료들뿐만 이나라 백성들에게도 칭송을 받고 있었다. 이복형인 임해군과 이복동생인 화순군과 정원군이 패악질을 일삼아 손가락질을 받고 있던 터라 세자 이혼은 더 돋보였다.

이혼은 왕의 서자 출신으로는 처음으로 세자에 책봉되었다. 아버지 선조가 인목왕후를 맞으면서 영창대군을 낳아 유영경 등이 이혼을 흔들려 했으나 이혼의 명성이 높고 신하들의 신망이 높아 찻잔 속 태풍에 그치고 말았다. 이런 이혼이 임금이 되자 기대감이 매우 높았다.

그런데 명나라가 이혼의 임금 즉위 후 장자 임해군이 세자가 되어야 했다며 뒤늦게 세자 책봉 과정에 딴지를 걸기 시작했다. 당시 명나라에서는 13대 황제인 만력제가 장자를 낳은 후궁보다 셋째를 낳은 후궁을 총애해서 셋째 왕자인 주상순을 후계자로 삼으려 해 신하들의 반대가 심했는데, 그 불똥이 조선으로 튄 것이었다. 명나라는 요동조사 임일괴 등을 보내 세자 책봉 과정을 조사하게 했다. 이혼은 엄청난 양의 은을 주어 무마해야 했다. 이혼은 명나라가 자기들 내부 사정에 따라 조선의 조정을 좌지우지하려 하는 것에 깊은 반감을 갖지 않을 수 없었다.

이혼은 조왜 전쟁 기간에 여진의 누르하치가 군사 원조를 제안했던 일을 기억하고 있었다. 중국 땅에 큰 변화의 바람이 불고 있었다. 천자의 나라로 떠받들어졌던 명나라가 오랑캐로 비하되고 있던 여진족의 흥기에 당황하고 있었다. 여진족의 흥기는 조선에도 큰 영향을 미쳤다. 북변이 심하게 흔들리고 있었던 것이다.

명나라는 만력제 들어와 몽골 지역의 푸베이의 난, 묘족의 반란 등을 겪었다. 왜란을 겪고 있는 조선에 대한 지원으로 재정도 많이 소비했다. 명나라는 이와 같은 사정으로 인해 여진의 움직임에 신경쓸 여유가 없었다. 그 틈을 타 누르하치가 여진족을 통합했다. 그 기세가 500여 년 전 금나라를 세워 송나라를 위기에 빠트렸던 기세와 다르지 않았다. 특히 여진족의 팔기군 위세는 대단하다 했다. 누르하치는 만주 문자를 창제했다고도 했다. 여진족이 자신들의 나라를 건국하는 것을 넘어 중원을 넘볼 게 충분히 예상되는 상황이었다. 이혼은 명나라가 최대 위기에 봉착하고 있음을 느꼈다.

사대교린事大交隣은 조선의 건국 이래 이어져 온 외교정책이었다. 『맹자』에서는 슬기로운 이만이 소국으로서 대국을 섬기는 것이고, 대국은 천하를 보존하고 소국은 자신의 나라를 보존한다고 했다. 이혼은 대국이 대국으로서 제 역할을 못 하고, 소국이 대국이 된다면 어떠해야 하는가 생각을 했다. 즉 명이 대국의 역할을 못 하고 오랑캐라 불리는 여진족이 강성한 나라가 되거나, 조선이 강성한 나라가 된다면 사대의 정책은 더 이상 유지될 수 없는 것이었다.

고려 때 광종이 칭제건원稱帝健元을 하려다 송나라의 제지로 무산된 일이 있었다. 고려는 요나라와의 전쟁 이후 송나라와 관계를 끊고 요나라에 대해 사대하기로 했다가 이를 이행하지 않아 다시 전쟁이 일어나기도 했다. 금나라가 강성해지자 금나라에 사대했고, 원나라가 강성해지자 원에 사대했다. 그러다 명나라가 흥기하자 명나라에 사대했다.

이혼은 본래부터 대국과 소국이 있는 것이 아니라 생각했다. 대국이 소국이 되고, 소국이 대국이 되며, 대국이 망하고 새로운 대국이 들어서는 것이 역사의 이치였다. 중국 대륙에 일어나는 큰 변화의 바람을 느끼며 이혼은 탈사대를 꿈꿨다. 조왜 전쟁 때의 명나라 지원이 고맙기는 했지만 외교에서는 냉철해야 했다. 태조 때도 명나라의 압박이 심해지자 여동 정벌을 시도하려 하지 않았는가! 한낱 오랑캐로 왜구라 불렸던 왜가 군사력을 갖추고 명나라를 치려 하지 않았는가! 조선도 황제의 나라와 같이 묘호廟號를 쓰지 않는가! 중요한 것은 힘이었다.

이혼이 생각하기에 탈사대를 위한 최대 걸림돌은 양반사대부들이었다. 중화와 화이華夷에 세뇌된 나머지 탈사대를 말하면 극렬하게 반대할 것이 뻔했다. 경장에 대한 반대도 극심했지만 탈사대에 대한 반대에 비하면 아무것도 아닐 것이었다. 경장은 노비제도를 없애고 면천 조치를 취했지만 양반과 평민의 신분 질서를 완전히 바꾼 것은 아니었다. 사대는 어찌 보면 외교적 신분 질서였다. 그런데 탈사대는 이 신분 질서를 완전히 없애는 것이었다.

세조가 세종의 유훈인 정음의 존속과 보급을 위해 공포 정치를 택했듯이, 이혼 또한 공포 정치를 택할 수밖에 없다는 생각에 이르고 있었다. 이혼은 그것이 자신의 숙명이라면 기꺼이 받아들이기로 했다.

이혼은 많은 대신들과 유림의 반대에도 불구하고 왜와 '기유약조'를 맺고 왜와의 관계를 정상화했다. 전쟁이 끝난 지 10년밖에 지나지 않아 왜에 대한 적대감이 여전했기 때문에 왜와 외교를 정상화하는 것에 반발이 심했지만, 이혼은 향후 외교의 핵심은 북방에 있다고 생각해 강행했다. 남방을 안정시키고 북방 외교에 집중하겠다는 구상이 있었던 것이다.

대북파의 친위세력화

이혼은 탈사대를 위해서는 조정 내에 자신을 지지하는 세력을 확고하게 구축해야 한다고 생각했다. 당시 동인은 분열하여 남인과 북인으로 나뉘어 있었다. 아버지 선조(이연) 당시 기축옥사로 서인에게 밀려났던 동인들이 건저 사건으로 집권하게 되었는데, 서인에 대한 강경 대응 여부로 남인과 북인으로 갈렸던 것이다. 북인은 홍여순이 종2품 대사헌에 천거됐을 때 정5품 정랑인 남이공이 반대하면서 다시 대북大北과 소북小北으로 갈라졌다.

선조 재위 말에 세자 책봉 문제가 다시 불거졌다. 대북은 당시 세자인 이혼을 강력하게 지지했지만, 영의정 유영경 등 소북 중 일부는 선조의 눈치를 보며 이혼을 폐세자하고 영창대군을 세자로 책봉해야 한다고 주장했던 것이다. 이 일로 소북이 나뉘었는데 영창대군을 지지한 이들을 탁소북, 이혼을 지지한 이들을 청소북이라 했다. 탁소북의 영수인 영의정 유영경은 왕위를 이혼에게 물려준다는 선조의 유언을 숨기기까지 했다. 이혼은 이때 소북을 완전히 눌러야 한다는 생각을 했다.

이혼이 즉위하자마자 임해군을 처벌하라는 상소가 빗발쳤다. 임해군은 막장 그 자체였다. 남의 재산을 강탈하고, 심지어 살해까지 했다. 임해군이 역모를 위해 군사를 키운다는 고변도 있었다. 이혼의 첫 옥사가 일어났다. 임해군은 귀양을 갔다가 병으로 사망했다.

황해도 봉산에서 김제세라는 사람이 군역을 면제받기 위해 자신이 전에 훈도였다는 위조 문서를 만들었다가 잡혔는데, 김제세가 뜻밖의 고변을 했다. 자신과 자신의 동생이 역모를 꾸몄다고 발설한 것이었다. 봉산군수 신율은 고변이 너무 황당한 데다 진술조차 오락가락해 별것 아니라 판단했지만 역모 고변인지라 조정에 보고했다. 그러자 이혼이 친국하겠다고 나섰다. 이혼은 이 사건을 공포정치의 먹잇감으로 삼아 자신의 친위세력 구축에 이용할 심산이었다.

이혼은 친국 과정에서 이름이 거론된 자들을 모조리 잡아들였다. 국문 도중 유영경과 정인홍의 이름이 튀어나왔다. 유영경은 탁소북, 정인홍은 대북의 영수였기 때문에 같이 역모를 꾸민다는 것은 애초 말이 안 되는 것이었으나 이혼은 정인홍만 빼고 관련자를 죄다 불러들였다. 그 과정에서 여자와 어린아이들까지 고문을 당했다. 이 옥사는 7개월간이나 이어졌는데, 100여 개의 가문이 멸문을 당했다. 이 옥사 끝

무렵에 한 유생이 이 모든 일이 유영경을 제대로 벌주지 않아서라는 상소를 올렸다. 유영경은 이미 이혼이 임금으로 즉위하자마자 대북인 이이첨·정인홍의 탄핵을 받아 유배됐다 사사됐건만 무덤에서 시신을 꺼내 부관참시했다.

이 봉산옥사를 기점으로 이원익·이항복·이덕형·심희수 등 서인과 남인 세력은 위축되었고, 이혼의 측근 세력인 이이첨·유몽인·기자헌 등 대북 세력이 국정의 중심 세력으로 떠올랐다. 그렇지만 이때까지도 해도 대북이 국정을 장악한 것은 아니었다. 삼정승 모두 여전히 남인과 서인이 차지하고 있었다.

대북이 정권을 독점하게 된 것은 1년 뒤 계축옥사가 있고 나서였다. 대북파의 이이첨 등은 박응서·서양갑 등이 문경 새재에서 은을 사고 파는 상인을 죽이고 6,700냥의 은을 약탈한 사건을 영창대군을 옹립하는 역모를 일으키기 위한 도적질로 조작했다. 선조에게 영창대군 보호를 부탁받은 일곱 명의 고명대신 중 한 명인 박동량이 인목대비와 대비의 아버지인 김제남이 궁녀들을 시켜 선조와 의인왕후의 무덤인 목릉에 가 저주를 하게 했다는 증언을 했다.

김제남과 그의 세 아들은 사약을 받았다. 영창대군은 폐서인이 되어 강화도로 유배를 갔고 그곳에서 사망했다. 남인과 서인의 주요 인물이었던 한준겸·이항복·이덕형·이원익 등도 모두 유배형에 처해지고 삭탈관작되는 등 몰락했다. 대북은 삼정승 등 요직을 다 차지했다. 소북은 대북에 대해 방관하거나 지지했다. 인목대비에 대한 폐모론이 일어 인목대비와 정명공주는 경운궁에 유폐됐다. 인목대비는 소복을 입고 궁 안으로 보내오는 음식을 거부했다.

인목대비는 유폐 기간에 이때의 일을 자세히 일기로 남겼다. 인목대비는 정음으로 일기를 썼는데, 만일의 사태를 대비해 자신의 시중을 든 나인이 쓴 것처럼 서술했다. 이게 『계축일기』다.

2년 후에는 정원군의 아들 능창군을 임금으로 세우려 한다는 역모 고변이 있어 능창군이 강화도로 유배를 갔다. 능창군이 그곳에서 자결하자, 정원군은 화병이 나서 술에 찌들어 살다가 사망했다.

풍운아 허균

허균의 가족은 모두 글쓰기에 재주가 있어 '허씨 5문장'이라고 불렸다. 아버지 허엽, 형인 허성과 허봉, 누이인 허초희 모두 글에 재주가 있었다. 허엽의 집안은 개방적이어서 딸 초희가 마음껏 공부할 수 있도록 했다. 허엽은 당시 허봉의 친구로 서자 출신의 유명한 학자였던 이달을 붙여 허초희와 허균이 공부하게 했다. 당시 여성이 호나 자를 갖는 경우는 이례적이었는데, 허초희는 '난설헌'이라는 호와 '경번'이라는 자를 가졌다. 호는 아버지 허엽이 지어주었고, 자는 본인이 직접 지었다. 허엽은 딸을 부를 때 경번이라 불렀다.

허봉은 사명당 유정과 친구 사이였다. 허균은 유정이 봉은사에 있을 때 사사를 받았다. 허균은 유정에게 불교와 문학을 배웠는데, 그 과정에서 정전당, 홍길동과 임꺽정, 정음 이야기를 듣게 되었다. 그러면서 정전당이 내세우는 신분 구별 없는 대동세상에 심취하게 되었다. 민본원장인 박곤과도

친분을 쌓았다.

허균은 조선이 신분 구별, 적서 차별, 남녀 구별이 없는 나라가 되어야 한다는 사상을 키워 가고 있었다. 명실상부한 민본의 나라가 되어야 한다고 생각한 것이다. 허균은 유정을 사표로 생각하고 존경했다. 훗날 유정이 입적했을 때 허균이 나서서 유정의 일대기인 「사명대사 석장비명」을 쓴 것은 유정에 대한 존경의 표시였다.

허균에게 누이 허초희의 죽음은 아주 큰 충격을 주었다. 허균이 문장에 재능이 있다 하나 누이에 비해서는 아래였다. 허초희는 여덟 살 때 「광한전백옥루상량문」을 지어 신동이라 불렸다. 허균은 그런 누이를 경외했다.

허초희는 열다섯 살 때 김성립과 혼인했다. 그러나 부부 사이가 좋지 않은 데다 시어머니와도 사이가 안 좋았다. 김성립은 과거 공부에 몰두하느라 초희에게 무관심한 편이었다. 딸과 아들 모두 전염병으로 죽고, 이어 유산까지 하게 되자 부부 사이는 더 멀어졌다. 설상가상으로 이 무렵 부친 허엽, 오빠 허봉이 불행하게 죽는 일까지 생겼다. 허엽은 관직에서 해임되고 고향으로 돌아오는 길에 상주 객관에서 객사했고, 허봉은 이이를 비판해 유배를 갔다가 병으로 죽었다. 허초희는 그 충격으로 병을 앓다가 스물일곱 살의 젊은 나이에 사망했다.

허초희는 자기가 쓴 시를 모두 불태우라는 유언을 남겼다.

그러나 허균은 그 유언을 따르지 않고 누이의 시문집을 발간했다. 유언을 따르기보다는 누이의 재능을 널리 알리고 싶었던 것이다. 이후 허초희의 시는 명나라와 왜에까지 알려지고 많이 음송됐다.

허균은 누이가 뛰어난 재능을 타고났는데도 조선 사회가 가하는 여성의 굴레 때문에 재능이 억압당하고 젊은 나이에 요절했다는 사실에 울분을 토했다.

조왜 전쟁 당시 허균은 이복형 허성과 함께 강원도에서 의병을 일으켰다. 광해군이 분조를 이끌 때도 동행했다. 이때 광해군은 허균을 유심히 보았다. 조선의 경장에 대한 그의 의지가 높은 것을 알 수 있었던 것이다. 또한 조선을 둘러싸고 여러 나라의 이해가 충돌하며 전개되는 것에 해박하다는 것을 알고 놀라워했다.

공주목사로 부임한 허균은 처외삼촌 심우영과 친한 양반가의 서얼 서양갑 등과 잘 어울렸다. 그중에는 계축옥사와 관련된 강변칠우 일원들도 있었다. 강변칠우는 서얼 출신의 일곱 문인이 서얼 철폐를 했다지만 여전히 관직 등에서 보이지 않는 차별을 당하는 것에 불만을 품고 여강에 무륜정을 짓고 같이 살았던 것을 이르는 말이었다. 허균은 이들의 불만에 충분히 공감하고 있었다. 허균은 모두가 양반이 돼 신분 구별과 차별이 없는 세상을 꿈꿨다.

“천하에 두려워해야 할 바는 오직 백성일 뿐이다. 홍수나

화재, 호랑이, 표범보다도 훨씬 더 백성을 두려워해야 하는데, 윗자리에 있는 사람이 항상 업신여기며 모질게 부려먹음은 도대체 어떤 이유인가?"

허균은 이때 유정에게 들은 홍길동에 대한 이야기를 떠올리며 본인이 평소 애독했던 『수호지』의 이야기 형식을 빌려 정음으로 『홍길동전』을 썼다. 허균은 한문으로 『남궁선생전』, 『장생전』 등을 썼지만 『홍길동전』은 반드시 정음으로 써야 한다고 마음먹었던 것이다. 정음에 대한 홍길동의 애정, 문자 평등의 정신을 기리기 위해서였다.

허균은 성리학에 얽매이지도 않았다. 유정에게는 불교에 대해 배웠고, 도교에 조예가 있는 남궁두로부터는 도교를 배웠다. 허균은 명나라의 도교 사상을 정리한 『한정록』을 쓰기도 했다. 사상에 대해 포용적인 입장을 갖고 있었던 것이다. 1609년 사절단의 일원으로 명나라에 갔을 때는 천주교 기도문인 『천주교 12단』을 갖고 돌아오기도 했다.

허균은 신분과 차별로 인해 개인의 재능이 사장死藏되고 억압되는 것은 있을 수 없는 일이라고 보았다. 성리학 이외의 것들은 다 사문난적斯文亂賊으로 몰아세워 금기시하는 사상 풍토에도 넌더리가 났다. 사상을 억압하는 것은 재능을 억압하는 것과 다르지 않다고 생각한 것이다.

이런 허균의 사고는 중화 질서에 대한 회의로 이어졌다. 조선이 중국을 사대하는 것이 당연시되고 사대가 마치 문명인 것처럼 받아들여지는 세태에 염증을 느꼈다. 사대에 대한 생각은 임금 이혼의 생각과 다르지 않았다. 민본원장 박곤도 같은 생각이었다. 이혼과 박곤, 허균은 탈사대 문제에 뜻을 같이하고 있었다.

허균은 이혼이 옥사를 일으키며 대북을 친위세력화하는 것이 탈사대를 위한 정지 작업임을 알고 있었다. 허균은 이혼이 인목대비를 유폐시킨 것에 불만이 많았다. 폐모하고 인목대비를 제거하지 않으면 나중에 큰 화근이 될 것으로 생각했던 것이다. 그래서 이이첨의 도움을 받아 몇 차례 인목대비를 암살하려 했다. 심지어 여진족이 압록강을 건너온다는 등의 유언비어를 퍼뜨려 도성을 혼란하게 한 다음, 그 틈을 타 인목대비를 살해하려고도 했다. 유언비어 때문에 백성들이 도피하는 일까지 벌어졌다. 이런 허균의 행동에 이이첨은 기겁을 했다. 암살은 실패했고, 이것이 허균의 운명을 갈랐다.

허균의 제자였던 기준격이 허균이 역모를 꾀한다고 상소를 올렸다. 허균은 기준격의 아버지 기자헌이 폐모론에 반대한다며 맹렬히 공격해 유배를 가게 했는데, 이에 기자헌이 격분하여 아들을 시켜 허균이 역성혁명을 일으키려 한다고 고변을 한 것이었다. 허균은 체포되었다. 당시 허균과 이이첨의 관계는 이미 틀어져 있었다. 이이첨은 허균이 너무 과격하고 맹동적이라 보았다. 게다가 이이첨의 외손녀인 세자빈이 원손을 낳지 못해 허균의 딸이 세자의 후궁으로 들어갈 예정이었다. 이이첨은 이혼에게 허균을 반역죄로 다스려야 한다고 강하게 주장했다.

허균은 자신이 역모를 꾸미려 했다는 혐의를 끝까지 인정하지 않았다. 그러나 주변 인물들이 고문에 못 이겨 역모를 꾀했다는 거짓 증언들을 했다. 이혼은 허균을 죽이고 싶지 않았다. 허균은 언행이 과격하고 불교를 믿는다는 이유 등으로 수많은 탄핵을 받았지만, 이혼은 탄핵을 다 물리쳐 왔다. 그만큼 허균을 아꼈던 것이다. 허균이 살아서 탈사대하는 데 역할을 해주기를 바랐다. 그러나 역모 증언들이 나온 이상 어쩔 수가 없었다. 이이첨은 이혼이 어찌 해볼 수 없을 정도로 권력이 커져 있었다. 허균은 사지가 찢겨 죽었다. 허균의 아들들도 모두 처형당했다. 『홍길동전』은 금서가 됐고, 허초희의 시집도 불태워졌다.

민본원의 대동법 제안

임금의 자문기구 위상을 확보한 민본원에서는 각종 공납과 부역을 쌀로 통일해 징수하고, 과세 기준도 가호家戶에서 토지 결수로 하는 방식으로 바꿔 시행하는 쪽으로 의견이 모아지고 있었다. 공납은 조선의 재정 수입 6할 이상을 차지하고 있는, 가장 큰 재정 확보 수단이었다.

당시에는 현물 공납의 번거로움을 해결하기 위해 서리나 상인이 공물을 대신 내주고 해당 군현의 백성들에게 이익을 붙여 받는 방납이 성행했다. 그런데 갈수록 붙이는 이익이 많아져 방납업자들의 배만 불리고 백성들의 삶은 고달파졌다. 수령들은 멀쩡한 물건을 퇴짜놓고 자신과 결탁한 방납업자에게 강제 구매하도록 해 부당이득을 취하는 경우가 많았다. 허위로 구할 수 없는 특산물을 바치라고 해 어쩔 수 없이 방납업자를 통하게 하는 방법을 쓰기도 했다.

그러나 쌀로 통일해 내게 하면 관에서는 필요한 물품을 방납 상인이나 공인貢人을 통해 민간으로부터 구매하면 되는 것이었다. 박곤은 대동법이 뿌리를 내리면 상업이 발달하고 시장이 활성화될 것이라고 전망했다. 박곤은 조선이 발전하려면 농업 외에 상업과 공업이 발달해야 한다는 생각을 하고 있었다. 민본원이 채굴을 더 활발하게 하기 위해서라도 반드시 상업과 공업이 발달해야 했다.

경장 당시에도 수미법이라 하여 특산물 대신 쌀로 세금을 받는 제도가 언급됐으나 아직 시행되지 않아 각 지역 민본원에서 이의 시행을 요구하는 민원이 쇄도하고 있었다. 민본원은 이 제안을 정리해 의정부에 전달했다. 영의정 이원익은 이를 받아들여 조정 내 공론에 부쳤다.

이혼은 선혜청을 설치하도록 하고 경기선혜법을 제정해 지방 관아에 내는 공물은 빼고 한양으로 올라오는 공물에 대해 먼저 실시하게 했다. 민본원은 전면 실시를 요구했으나 이혼은 전면 실시는 아직 무리라고 보았다. 양반들의 반대가 심했기 때문이었다. 호당 징수를 결당 징수로 바꾸면 아무래도 토지 소유가 많은 양반 지주들이 불리했던 것이다. 그리고 산간지방의 경우는 쌀 생산이 적거나 아예 없어 한계가 있었다.

또 한 가지 이유는 대대적인 궁궐 공사 문제였다. 전쟁 이후 이혼은 임금의 권위를 빨리 세워야 한다는 생각으로 창덕궁·창경궁·경덕궁·인경궁·자수궁을 짓고 경운궁을 확장하고 있었는데, 재정 확보 방법이 바뀌었을 때 재정이 줄어들어 궁궐 공사가 진척되지 않을 수 있음을 걱정했다.

이혼은 방납의 폐단이 가장 심했던 경기 지역부터 시작해 서서히 넓히려는 생각을 했다. 이 결정에 대해서는 반쪽 시행이라며 민본원이 거세게 반대했으나 그대로 시행됐다. 이후 끊임없이 민본원과 대신들 일부가 전면 실시를 요구했지만 받아들여지지 않았다. 처음에는 선혜법으로 불렸으나 나중에는 대동법이라 불리게 되었다.

이혼, 후금과 손잡기로 결심하다

누르하치가 여진족을 통일하고 요동 지역을 장악해 후금을 건국했다. 나아가 누르하치가 요서 지역까지 넘보자 명나라의 만력제는 이를 막으려 했다. 명나라 요동아문의 백양수가 조선에 파병을 요청했다. 이혼은 이를 무시할 수 없어 의주에 1만 명의 병력을 일단 주둔시켰다. 명에서는 계속 파병을 요청했지만, 명 황제의 칙서가 없는 것 등을 이유로 들어 차일피일 미뤘다.

이혼은 여진족의 후금 건국과 세력 확대 기세를 보며 후금이 예전에 몽골이 중원을 완전히 장악했듯이 그럴 것이라는 확신이 들었다. 중국은 동이, 서융, 남만, 북적이라 하여 자기들을 둘러싼 나라나 종족을 오랑캐라 불렀다. 중국만이 문명국이고 나머지는 비문명국이니, 비문명국은 문명국에 대해 사대해야 한다며 사대론의 정당성을 주장한 것이다. 조선은 스스로를 '소중화小中華'라 자부하며 다른 이민족과 차별을 두려 했지만, 중국에게 동이인 것은 달라지지 않았다. 이혼은 중국의 문명이 오랑캐인 여진족에 의해 무너진다면 사대의 정당성은 유지될 수 없다고 보았다.

이혼은 숙고 끝에 후금과 손을 잡기로 했다. 명나라와 조선은 천자와 제후의 관계였다. 이혼은 후금과 형제의 관계를 맺을 요량이었다. 설혹 후금이 형의 나라가 된들 명나라와의 외교 관계보다는 훨씬 진일보한 것이라 생각했다. 조왜 전쟁이 끝난 지 얼마 지나지 않은 상황에서 또다시 조선이 전화戰禍에 휘말리는 상황은 피해야 했다. 이혼은 후금과의 관계를 정립하기 위한 특임을 비밀리에 민본원장 박곤에게 맡겼다. 그가 임금의 대리인임을 보증하는 국서를 써서 주며 박곤에게 허회령부사 한명련, 만포첨사 정충신과 긴밀히 협의하도록 당부했다.

파병을 요구하는 만력제의 칙서가 당도하자, 이혼은 더 이상 파병을 늦출 수 없었다. 이혼은 한명련에게 어쩔 수 없이 군대를 명에 보내지만 명군의 진 뒤에 있을 것이라고 후금에 미리 알리도록 했다. 이를 위해 조선군이 명나라 장수의 지휘를 받지 않고 도원수 강홍립이 독자적 지휘권을 행사하도록 했다. 또, 명의 후방 보급 부대인 동로군에 속하도록 했다. 강홍립에게도 밀명을 내려 후금을 적대시하지 않을 것이라는 뜻을 전달하게 했다. 사르후 전투에 부득이하게 참여하긴 하지만 적극적으로 전투에 임하지 않을 것임을 알린 것이었다.

이를 알지 못하는 비변사와 삼사에서는 강홍립을 적신賊臣이라 부르며 처벌할 것을 강력하게 요구했으나 이혼은 듣지 않았다. 사르후 전투에서 명군은 패배했으며 조선군도 막대한 피해를 입었다. 강홍립은 남은 5천여 명의 군사를 이끌고 후금에 투항했다. 이혼은 누르하치를 '후금국 전하'라 지칭하는 국서를 보냈다. 이 문제로 조정이 다시 들끓었다.

1620년 명나라의 만력제가 사망했다. 태창제가 즉위했으나 29일 만에 신하에게 독살당해 천계제가 즉위하는 혼란이 이어졌다. 이듬해 후금은 만주 지역에서 명나라 군대를 완전히 몰아내고 심양을 수도로 삼았다.

이혼은 조선을 둘러싸고 벌어지는 긴박한 정세의 변화를 보지 못하고 사대주의에 찌들어 있는 신료와 유림들을 보며 가슴을 쳤다. 조선의 담대한 미래를 꿈꾸기보다 지금껏 해오던 관성에 머물며 거기에서 편안함을 찾으려 하는 세태에 회의를 느꼈다. 허균이 원망스러웠다. 허균이 있었다면 큰 힘이 되었을 것이다. 허균이 자신의 성정을 다스리지 못해 결국 역모 혐의로 형장의 이슬로 사라진 것이 너무 안타까웠다. 대북이 우군의 역할을 하고 있다지만 탈사대에서는 역부족이었다.

이혼은 '내가 너무 빨리 가려 했던 것인가?'라는 생각을 하며 해 저무는 노을을 우수에 찬 눈빛으로 바라보았다.

이혼은 탈사대와 함께 왕실의 권위를 세우는 일에 집착했는데, 그 집착이 15년간의 궁궐 공사로 나타났다. 전쟁 때 불타 버린 경복궁과 창덕궁, 경운궁을 복원하는 것은 전쟁 이전의 복구로 타당했다. 그러나 이를 뛰어넘어 인경궁, 자수궁까지 새로 지었던 것이다. 인경궁은 무려 경복궁의 10배 크기였다. 게다가 인경궁과 자수궁에 청기와를 올렸다. 이를 위해 무리하게 공명첩까지 발행했다. 궁궐 공사로 많은 재정과 인력이 소요되면서 백성들의 원성이 높아졌다.

왕실의 권위는 자고로 민생을 돌봐 민심을 얻는 것에서 비롯되는 것인데, 이혼은 엉뚱하게 궁궐 짓는 것에서 찾았던 것이다. 큰 실책이었다. 호조판서 황신은 대동법의 전국 시행으로 모자란 재정을 확충하자 했지만 이혼은 받아들이지 않았다.

명나라 위충현의 조선 조정 전복 공작

명나라는 만력제, 태창제, 천계제가 들어서면서 쇠락의 길로 접어들고 있었다. 연속해서 세 명의 어리석은 암군暗君이 황제로 들어선 것이었다. 1602년 천계제가 즉위한 후에는 천계제의 총애를 받는 환관 위충현이 국정을 좌지우지했다.

위충현의 관심사는 자신의 권세 유지와 후금 문제였다. 후금의 군사력은 갈수록 강성해지고 있었다. 후금의 군사력을 흔들기 위해서는 후금과 국경을 접하고 있는 조선이 명의 배후 역할을 해야 했는데, 조선의 왕이 후금과 비밀리에 손을 잡으려 한다는 첩보들이 답지하고 있었다. 사르후 전투에서 보여준 조선군의 무기력한 모습과 투항은 첩보의 신빙성을 높였다. 결정적인 것은 조선의 왕이 누르하치에게 '후금국 전하'라 칭하는 국서를 보냈다는 사실이었다. 후금을 독립된 나라로 인정하고 외교 관계를 맺겠다는 공개선언과 다르지 않았다. 조왜 전쟁 때 군량을 지원해 준 은혜에 반하는 것을 넘어 조선이 후금과 손을 잡는다면 명으로서는 최악의 상황이 벌어질 것이었다.

위충현은 조선의 조정을 전복해야겠다는 생각을 했다. 조선의 왕이 잦은 옥사로 많은 유신儒臣들과 척을 졌고, 무리한 궁궐 공사로 민심을 잃었다고 듣고 있었다. 특히 후금에 대한 국서의 일로 유림 전반이 왕에 대해 우호적이지 않다는 것이었다.

위충현은 조선의 능양군 이종을 주목했다. 능양군은 조선 임금의 조카였다. 능양군 동생 능창군은 신경희의 거짓 역모 고변에 휘말려 강화도로 유배를 갔다가 스스로 목매달아 죽었다. 능양군의 아버지 정원군은 이 일로 화병이 나 술에 빠져 살다가 사망했다. 능양군은 왕에 대한 적대감을 갖고 있었다.

위충현은 환관들로 이뤄진 정보·감찰 기관인 동창東廠의 수장으로 오른 뒤 조선에 대한 본격적인 공작에 돌입했다. 동창의 측근들을 조선에 잠입시켜 능양군을 만나게 한 뒤, 능양군이 반정을 일으켜 왕위에 오를 수 있도록 명나라 조정이 든든한 뒷배가 돼줄 것이라 설득했다. 능양군은 고심 끝에 반정을 도모하겠다고 약속했다. 그리고 왕위에 오르면 명나라에 계속 사대하고, 후금과의 대립을 불사하겠다는 뜻을 알렸다.

반정과 반동

능양군 이종은 이귀, 김자점, 김류, 이괄 등을 끌어들였다. 황해도 평산부사 이귀와 경기방어사 겸 장단부사 이서의 군대가 주력 부대로 700명의 병력을 동원했다. 이귀가 역모를 꾸미고 있다며 대북에서 탄핵을 줄기차게 요구했지만, 이혼은 그럴 리 없다며 흘려들었다. 반정이 실행되기 전 왕족인 이이반이 배신해 박승종과 김신국에게 역모 사실을 일러바쳤으나, 이때도 이혼은 한 귀로 흘려 버렸다. 고변이 있을 경우 친국에 나서 대대적인 옥사를 일으켰던 이혼이 이미 아니었다. 박승종이 대책을 강구했으나 역부족이었다. 반정 세력과 내통한 훈련대장 이흥립이 창의문을 열어주어 반군은 별 저항 없이 궁궐에 진입할 수 있었다. 이 과정에서 창덕궁이 불탔다.

이혼은 궁궐을 탈출해 의관 안국신의 집에 숨어 있다가 붙잡혀 폐위된 후 유배되었다. 왕비와 세자 부부 모두 서인으로 강등돼 유배되었다. 세자 부부는 유배지를 탈출하려다 실패하자 자결했고, 왕비 류씨는 화병으로 사망했다. 이혼의 실세와 측근들은 모조리 죽임을 당했다. 일가친척까지도 씨를 말렸다. 정인홍, 이이첨, 유몽인, 기자헌 등은 사형을 당했고, 200여 명은 유배를 갔다. 박승종은 지방으로 도망쳐 반격을 꾀하다 포기하고 자결했다. 유몽인은 홍안군을 임금으로 옹립하려는 역모 계획을 세웠다가 발각되어 죽었고, 박홍구는 인성군을 옹립하려다 발각되어 죽었다. 북인이 궤멸하면서 서인 세상이 되었다.

이괄은 반정 공신이었으나 논공행상에서 부당한 대우를 받고 아들을 역모 혐의로 잡아가두려 하자 반란을 일으켰다. 당시 북방의 군대를 지휘하고 있던 부원수 이괄은 군사 1만을 동원해 한양까지 점령했다. 이종이 공주 공산성으로 파천하자, 이괄은 홍안군을 임금으로 추대했다. 그러나 도원수 장만이 이끄는 토벌군에게 무악재에서 패하고 이천으로 퇴각했다 자신의 부하들에게 살해됐다. 이로 인해 북방의 군 체계가 완전히 무너졌으며, 반란군 일부는 후금에 투항했다.

반정 세력은 '폐모살제廢母殺弟'에 대한 처단, 친명배금親明排金을 명분으로 내세웠다. 그리고 집권 후에는 선조가 추진했던 경장 무력화를 기도했다. 임금으로 즉위한 이종은 먼저 민본원을 없애고 정음의 공용화를 폐지하려 했다. 경장에 대한 반동이었다. 양반 중심의 신분 질서로의 회귀를 꾀한 것이다.

명나라 조정에서는 위충현의 약속과 달리 이종의 왕 책봉을 차일피일 미뤘다. 그로 인해 이종은 막대한 뇌물을 써야 했다. 후금에 밀려 평안도 철산 앞바다 가도椵島에 주둔하고 있던 명나라 총병 모문룡에게는 책봉을 받는 데 도움을 받았다는 이유로 26만 석의 양식을 대고 온갖 행패를 부리는 것을 감수해야 했다. 이종은 즉위한 지 2년이 지나서야 책봉을 받을 수 있었다.

민본원의 2차 봉기

민본원에 비상이 걸렸다. 이종의 경장 무력화 시도를 가만히 보고 있을 수는 없는 노릇이었다. 박곤은 긴급하게 각 지역의 민본원장을 호출했다. 민본원장 회합에서 먼저 각 지역별로 반대 집회를 갖기로 했다. 그런 다음 전국 팔도에서 결집한 민본원이 한양 모화관 앞에서 대규모 반대 집회를 열 것이라 했다. 모화관 집회가 끝난 다음에는 삼정승과의 면담을 통해 임금에게 반대 의견을 공식적으로 전하기로 했다.

각 도에서 1천에서 2천 명 단위의 집회가 열렸다. 박곤은 한양에 1만 명 이상이 집결해야 한다며 각 도의 민본원장을 닦달했다. 조정에서는 민본원 집회에 대한 대책을 논의했다. 이종은 한양에서 대규모 집회를 여는 것은 불가하며, 강행할 시 반역죄로 다스리겠노라 강경한 입장을 냈다. 박곤은 이에 굴하지 않고 강행하기로 했다.

이종은 박곤을 비롯해 모든 지역의 민본원장을 추포하라

는 명을 내렸다. 며칠 후에는 민본원 간부 전원을 추포하라 했다. 그리고 민본원에게 부여했던 광산 개발권을 조정으로 귀속시키라 했다. 경기 지역 민의원 다섯 명이 한밤중에 의금부 관원들에게 추포됐다는 소식이 전해졌다. 박곤은 결단을 내려야 했다. 전국의 민의원들에게 일단 몸을 피하라 했다. 박곤은 천안에서 비밀리에 민본원장 회합을 열고 봉기가 불가피하다고 역설했다.

"임금은 반정에 그치지 않고 경장을 무력화하려고 합니다. 반정이 아니라 반동입니다. 우리는 제1차 봉기로 지난한 싸움을 했고 많은 희생이 있었습니다. 나라를 구하겠다는 일념으로 왜와의 전쟁에 참여했고, 우리가 개발한 민총을 제공하기까지 했습니다. 그 결과로 조정과의 합의를 통해 경장을 이뤄냈습니다.

그런데 이제 임금이 이 모든 것을 무로 돌리려 하고 있습니다. 어찌 우리가 이를 묵묵히 받아들일 수 있겠습니까. 우리가 이를 막지 못한다면 죽어서 무슨 낯으로 홍길동과 임꺽정 당수를 볼 수 있단 말입니까!

제2차 봉기에 돌입하겠습니다. 다시 산채를 열고 집결하시기 바랍니다. 이번 봉기를 통해 반드시 경장을 지켜낼 것입니다. 경장을 지켜내는 것은 민본을 지켜내는 것입니다.

우리는 노비와 천인을 없앴습니다. 그 덕에 조선은 양반과 평민의 사회가 되었습니다. 그런데 여전히 신분 질서는 강고

하고 이번에 확인했듯이 반동의 기반이 되고 있습니다. 이제 우리는 신분이 아예 없는 나라를 구상해야 하지 않을까 하는 생각을 하게 됩니다. 모두가 평민이 되든지, 모두가 양반이 되는 나라를 구상해야 할 것입니다. 그래야 민본이 제대로 설 것입니다.

우리는 경장을 위해 많은 피를 쏟았습니다. 제2차 봉기로 또 많은 피를 쏟아야 할 것입니다. 민본은 피를 먹고 세워졌습니다. 우리가 바라는 세상은 더는 민본이 피를 머금지 않아도 되는 세상일 것입니다. 그 세상을 위해 우리 모두 분연히 떨쳐 일어납시다."

정전당 때처럼 각 도의 산속 깊숙한 곳에 산채가 만들어졌고 속속 사람들이 몰려들었다. 변방의 군사와 아전에 소속돼 있던 이들도 무기를 들고 산채로 몰려왔다. 경장책 실시 이후 정전당이 소유한 무기는 전부 관에 반납하기로 했지만, 박곤은 이런 때를 예상하고 금강산·북한산·지리산·내장산 네 곳에 많은 민총과 무기를 은닉하고 비밀리에 관리하고 있었다.

민본원 군사들이 관아에 대한 공격을 시작했다. 조정은 비변사 체제로 바꾸고 체찰사와 각 도의 관찰사에게 민본원 무리들을 토벌하라 명했다. 보름이 채 지나지 않아 민본원 군사들이 원주성을 점령했다.

정묘전쟁

1626년 명나라와 후금 간의 영원성 전투가 있었다. 영원성은 명나라의 요동 방어선으로 이 성이 무너진다면 요서 지역뿐만 아니라 명나라의 수도인 북경도 위험할 수 있었다. 영원성을 뺏기면 산해관을 공격받게 되고, 산해관이 무너지면 바로 북경이었던 것이다. 이 전투에서 요동 원수 원숭환이 이끄는 명나라 군대가 한 번도 전투에서 패배한 적이 없던 누르하치와 홍타아지의 후금 군대를 연거푸 물리쳤다. 이 전투 1년 후 누르하치는 병사했다. 홍타아지가 그 뒤를 이었다.

영원성 전투로 당황하고 있던 후금은 조선에서 반정이 일어나 친명배금을 내세우자, 조선을 눌러 옆구리에 대한 위협을 제거하기로 했다. 후금에게 가장 두려운 것은 가도에 있는 모문룡의 군대와 조선이 연합해 후금의 배후를 치는 것이었다. 후금은 이괄의 난으로 북방의 방비가 예전 같지 못하고 조선 내부에서 반란이 일어난 지금이 조선을 공격해 누를 수 있는 적기라 보았다. 후금은 사르후 전투에서 투항한 강홍립과 이괄의 난 당시 후금에 투항한 조선 사람들을 앞세워 조선 침략을 개시했다.

당시 후금은 전쟁으로 상당한 재정난에 시달리고 있었고 흉작으로 어려움이 이만저만 아니었다. 곡물 값이 여덟 배나 뛰었다. 조선으로부터의 물자 지원과 무역이 필요했다. 이에 후금은 대규모 군대를 동원하지 않고 3만의 병력을 동원해 최단시간 내에 한양에 도달하는 작전을 썼다. 이때 후금이 내세운 명분은 "전왕 광해군의 원수를 갚는다"는 것이었다.

침략이 개시된 지 보름 만에 평양성이 함락되었다. 이종은 강화도로 파천했고, 세자는 전주로 내려가 분조를 맡았다. 관군은 밀렸지만 정봉수와 이립이 의병을 일으키는 등 평안도의 산악지대에서 전투를 벌여 후금의 배후를 흔들어 놓았다.

박곤은 후금군이 전투를 오래 끌지 않을 것임을 알고 있었다. 그런 만큼 후금군과의 전투를 고려하지는 않았다. 박곤은 후금군 사령관 아민에게 민가에 대한 약탈을 금해 달라는 요청을 했다. 만약 민가에 대한 약탈이 계속된다면 후금군을 공격할 것이라고 했다. 아민은 자기 군사들에게 민가에 대한 약탈을 금하라 명령했다. 그런데도 계속 자행되는 곳이 있었는데, 이럴 경우 민본원 봉기군이 나서 무력을 행사했다.

후금은 장기전을 치를 수는 없었다. 후금은 부장 유해를 강화도에 보내 화의를 교섭해 왔다. 이에 조선과 후금은 형제국의 관계를 맺었고, 조선은 원창군을 왕의 동생으로 속여 인질로 보냈다. 후금군은 철수했다. 후금은 조선과의 조약을 통해 교역을 재개해 부족한 물자의 숨통을 틔웠다.

병자전쟁

대왕대비가 세상을 떠나고 나서 3년 뒤에 왕비 한씨도 사망했다. 후금은 용골대를 대표로 하는 조문단을 파견했다. 이때 홍타아지의 존호尊號에 대해 의논하자는 의견을 냈다. 명과의 관계를 단절하고 후금을 형제의 나라가 아닌 황제의 나라로 모시라는 압박이었다. 조정 대신들은 분노했다. 조문단은 살해당할 수도 있다는 위기의식을 느꼈다. 이종은 후금과의 외교를 단절한다는 절화교서絶和敎書를 내렸다.

1636년 후금은 국호를 '청'으로 바꾸고 독자적인 연호를 사용하겠다고 발표했다. 칭제건원稱帝健元을 한 것이다. 이때 존호례에 참석한 조선의 사신들은 배례拜禮를 거부하고 인정할 수 없다는 뜻을 분명히 했다. 홍타아지가 국서를 주었으나 이를 버렸다. 국서 교환이 중단된 것이다. 후금과의 전쟁이 임박했다.

이때 민본원 봉기군은 강원도 전역과 평안도와 함경도

일부, 삼남지방의 일부를 점령하고 있었다. 그러나 정전당 1차 봉기 때보다 더 넓은 지역을 점령하지는 못하고 있었다. 1차 봉기 이후 조정이 대비 태세를 강화했기 때문이었다.

박곤을 비롯한 민본원 봉기군 지도부는 청나라가 조선에 사대를 요구한다는 사실에 분노했다. 명나라로부터의 탈사대를 위해 후금 당시 누르하치와 협력했는데, 홍타아지가 왕이 되면서 조선에 사대를 요구하는 것은 가당치 않다고 보았다. 박곤은 청에 밀사를 보내 청이 조선에 군신 관계를 요구한다면 이를 받아들일 수 없으며, 이를 빌미로 조선을 침략한다면 조정과 함께 맞서 싸울 것임을 밝혔다.

1637년 1월, 청이 4만 5천 명의 병력을 이끌고 조선을 급습했다. 정묘전쟁 이후 10년 만에 전쟁이 발발한 것이었다. 이번에도 전격전이었다. 주요 성들을 지나쳐 한양으로 진격해 왔다. 청은 기병을 앞세워 8일 만에 한양을 점령했다. 이종은 강화도로 들어가려다 길이 막히자 남한산성으로 피신했다. 남한산성에 갇힌 이종을 구조하기 위해 지방군인 속오군 중심의 근왕군 1만 명이 몰려왔으나 경기 광주 쌍령전투에서 패배했다. 그러나 청군도 상당한 피해를 입었다.

강화도가 함락돼 왕자들이 인질로 붙잡혔다. 남한산성에서는 식량이 떨어지고 추위가 겹쳐 싸울 의욕을 잃어 가고 있었다. 죽은 말을 잡아먹어야 할 정도였다. 이런 가운데 병사들은 척화를 주장하는 대신들의 목을 베겠다고 위협하고 있었다.

이때 박곤의 봉기군 지도부가 청과 전면전을 하기로 결정을 내렸다. 청이 조선에 군신 관계를 요구하는 것은 절대 받아들일 수 없었던 것이다. 만약 이번 전쟁에서 조선이 패배한다면 명 대신에 청이 천자의 나라임을 내세울 것이었다. 여우를 피하니 늑대가 들어선 꼴이 되는 것이었다.

박곤은 봉기군을 두 곳에 결집시켰다. 한 갈래는 평양 일대에 결집시켜 후방을 완전히 끊도록 했다. 또 한 갈래는 한양 근방 양주에 결집해 남한산성으로 진격하도록 했다. 평양 전투에서 민본원 봉기군은 성공적인 포위 전술로 팔기군 2천 명을 궤멸시켰다. 박곤은 기마대 중심의 팔기군을 공략하기 위해 장창을 제작하고 장창 부대를 훈련시켜 왔던 것이다. 팔기군의 기마대가 돌격할 때 장창 부대가 장방형의 진을 써서 말을 향해 창을 빽빽하게 들게 하는 진법이었다. 이 진법에 팔기군은 당황했다.

민총부대는 밀집 대형을 이뤄 화력과 사격의 집중도를 높였다. 민총부대의 밀집 대형 사격 앞에 팔기군의 기동력은 속수무책이었다. 팔기군은 궤멸적인 타격을 입었다.

양주 전투는 박곤이 직접 지휘했다. 팔기군 3천이 궤멸해 흩어졌다. 이제 조선이 승기를 잡았다. 조선이 승기를 잡는 데 민본원 봉기군의 활약이 주효했다는 사실을 이종과 조정도 인정하지 않을 수 없었다. 관군은 아무런 역할을 하지 못했다. 이때까지 근왕군은 각개격파당하기 일쑤여서 감히 이동할 엄두를 못 냈다. 도원수 김자점은 1만 7천여 명의 병력을 이끌고 양평에 있었으나 더 이상 진격하지 못하고 무기력한 모습을 보였던 것이다.

상황이 이렇게 되자 홍타아지는 전쟁을 지속하는 것이 무리라 생각했다. 명과의 전쟁이 한창인 데다 자칫 보급이 끊겨 청군이 고립, 포위될 수 있는 처지였던 것이다. 홍타이지는 박곤에게 밀사를 보냈다. 박곤은 자신들이 주도적으로 나서서 명에 사대하지 않을 것임을 명확히 했다. 또한 조선과 청은 형제의 동맹 관계여야지 군신 관계는 결코 받아들일 수 없다고 강조했다. 인신무외교人臣無外交를 들어 신하 된 자는 외교를 할 수 없다는 강압은 당치 않다고 역설했다. 민본원의 봉기군이 조정과의 교섭을 통해 이를 확정할 것이니 청군은 군사를 압록강 너머로 물리라 했다. 그리고 앞으로는 청과의 동맹에 충실할 것이며, 명나라의 편에 일방적으로 서는 일은 없을 것이니 안심하라 했다.

홍타아지는 이를 수락했다. 박곤에게 전적으로 후의 일을 맡긴다 하고 북쪽으로 청군의 말머리를 돌렸다. 다만 약속에 대한 담보로 세자와 왕자, 주전主戰의 주장을 편 대신을 볼모로 청나라에 보내라고 했다.

청군은 물러났지만 이종은 이제 청군보다 더 두려운 민본원 봉기군을 대해야 하는 상황에 처하게 됐다. 여우가 물러

간 자리에 호랑이가 들어선 꼴이었다. 이종은 영의정 김류에게 박곤과 교섭을 하도록 명했다.

조정과의 교섭에서 박곤은 첫째 경장책을 철저히 이행할 것, 둘째 대동법을 전국적으로 실시할 것, 셋째 부세負稅와 변법變法의 문제는 조정에서 일방적으로 추진할 것이 아니라 먼저 민본원에 의견을 구할 것, 넷째 다른 나라와의 조약 체결 시 반드시 민본원의 의견을 구할 것, 다섯째 과거시험을 평민들에게도 완전히 개방할 것 등을 요구했다. 10여 차례의 교섭 끝에 조정은 과거시험의 완전 개방은 불가하며, 무과는 완전 개방하고 잡과의 급제 인원을 세 배 늘리는 것으로 타협을 보았다.

이 같은 타협 소식이 알려지자 예조판서 김상헌, 이조참판 정온 등은 절대로 받아서는 안 된다며 이종 앞에서 대성통곡을 했다. 김상헌은 "죽고 망하는 것은 참을 수 있어도 반역은 따를 수 없다"며 몸을 부르르 떨었다. 이 타협안을 가져온 영의정 김류와 이에 동조한 최명길 등을 처형해야 한다고 주장했다. 그렇지 않으면 이제 이종이 임금의 자리에 있어도 그 권위가 땅에 떨어져 사실상 임금이 아니며 반정의 정당성도 사라지는 것이라며 눈물로 호소했다.

그러나 아무 소용이 없었다. 대세가 이미 기울었던 것이다. 이종은 따를 수밖에 없었다. 창경궁으로 환궁하기 위해 한강 소파진에서 배를 탈 때 신하들이 먼저 타려고 이종의 옷을 잡아당기는 일까지 벌어졌다. 이종의 권위는 형편없이 추락했다.

소현세자와 왕자 봉림대군이 청의 볼모로 가기로 했다. 윤집, 오달제, 홍봉한이 결사항전을 주장한 대표적인 이들이라며 청에 보내졌고, 회유에 굴하지 않아 결국 참형을 당했다. 오달제는 죽기 전 시를 써서 노모와 형에게 부치도록 했다.

> 의로운 신하 의리 바르니 부끄럽지 않고
> 성주의 깊으신 은혜 죽음 또한 가벼워라
> 이생에서 가장 슬픈 일이 있다면 홀로 계신 어머님 두고 가는 거라오

민본원 봉기군이 제일 먼저 한 일은 가도에 주둔한 명군을 쓸어 버리는 것이었다. 모문룡이 원숭환에 의해 처형되고 모문룡의 군사 중 1만 4천여 명이 185척의 전함을 이끌고 청에 투항했으나 여전히 잔류 부대가 있었던 것이다. 청에 확실한 신호를 보낸 것이었다. 그동안 모문룡의 군대에 제공한 군량미가 매년 3만 석이었고, 이조차 모자란다며 행패를 부린 일이 부지기수였다. 가도는 엄연히 조선 땅인데 조선 땅에서 그랬던 것이다. 그리고 모화관慕華館과 영은문迎恩門의 간판을 떼고 영빈관迎賓館, 영빈문으로 바꿔 달았다.

민본원과 조정은 대동법의 시행에 대해서는 전후 복구를

우선하는 여민휴식與民休息에 집중한다는 데에 동의하고 전면 시행은 미루기로 했다. 그리고 농사를 장려해 일단 식량을 증대하는 데 총력을 기울이기로 했다. 또한 둔전과 개간을 활발히 하도록 하고 부세를 감면해 주었으며, 농민들의 부채는 전면 탕감해 주기로 했다. 대신에 조정과 각 관아는 지출을 대폭 줄이도록 했다.

장백호의 귀환

장백호가 무려 30년 만에 조선으로 돌아왔다. 헌헌장부軒軒丈夫였던 장백호는 오십줄에 들어선 초로가 되어 있었다. 장백호는 세례를 받고 예수교 신자가 되어 하나님에게 귀의했다고 했다. 장백호는 이태리에 오랫동안 머물면서 구라파 문명을 접하고 구라파의 역사에 대해 공부했다고 했다. 이태리어도 배우고 라틴어를 익혔다 했다.

장백호는 성상聖像과 함께 『천주실의』를 가져왔다. 그는 이태리에 체류하면서 『천주실의』를 정음으로 번역했다. 그런데 장백호가 라틴어를 익혀 성경 원전을 읽어 보니 『천주실의』가 원전을 충실히 따랐다 볼 수 없다는 것을 알았다. 이마두(마테오 리치)는 중국의 유교적 신분 질서에 조응하기 위해 성경의 원전을 약간 각색했던 것이다. 그래서 장백호는 자신이 직접 성경 원전을 정음으로 번역하고 책제목을 『하나님 말씀』이라 정했다. 예수교는 모든 사람은 하나님의 얼굴을 닮았고, 따라서 하나님 앞에 모두 평등하다고 했다. 신분에 따라 사람이 차별받는 것은 하나님의 뜻에 위배되는 것이라 했다. 장백호는 조선의 앞날은 어떤 신분의 차별도 없는 평등한 세상이 되어야 한다고 했다. 홍길동 당수가 말한 '율도'와 '대동세상'이 바로 하나님이 바라시는 나라라는 것이다.

장백호는 이태리를 비롯해 구라파의 역사에서 왕국만이 존재했던 것이 아니라 다양한 나라가 존재했다는 것을 알았다고 했다. 우리 땅에 고조선이 있었을 때 구라파의 로마와 그리스에서는 선거를 통해 통치자를 뽑아 나라를 다스리게 했다는 것을 힘주어 말했다. 고려 말과 조선 초에 해당하는 시기에 구라파의 이태리뿐만 아니라 여러 곳에서 왕이 아닌 자가 나라를 다스렸다는 사실을 증언했다. 구라파에서는 이미 대동국이 존재했다는 것이다. 또 오래전 그리스와 로마에서는 귀족으로 이뤄진 원로원과 평민들로 이뤄진 민회라는 것이 있어서 정치에 참여하고 서로 견제하게 했다는 것, 구라파 나라들에는 이런 전통이 이어져 왕의 권력을 감시하고 견제하는 기관들이 있다는 것을 말해 주었다.

장백호는 조선으로 올 때 마키아벨리의 『로마사 논고』와 그것을 자신이 정음으로 해석한 『언해 로마사 논고』를 가져왔다. 『언해 로마사 논고』는 민본원 내에서 널리 읽혔고, 유림 중에도 이 책을 접하는 경우가 있었다. 『언해 로마서 논고』는 조선 사회에 큰 충격을 주었다.

'왕이 다스리는 나라만 있는 게 아니다!'

100년 전에 구라파는 아메리카라는 거대한 땅을 발견하여 정복해 막대한 이익을 얻고 있다는 것도 알렸다. 또한 여전히 새로운 땅을 발견하기 위해 나라에서 재정을 대 탐험대를 파견하고 있음을 말했다. 배는 먼 바다를 건널 수 있도록 튼튼하게 제작하고 있으며, 화포의 성능이 어마어마하다는 것도 전했다. 장백호는 조선이 앞으로 부유하고 강해지기 위해서는 세상에 대해 더 폭넓게 알고 교류해야 한다고 역설했다.

장백호가 귀국하고 2년 후 박곤이 노환으로 병석에 누웠다. 박곤은 자신이 죽기 전에 안정적으로 민본원장을 세워야 한다고 생각했다. 박곤은 민본원장을 사임하겠다고 선언했다. 2대 민본원장으로 민본원 내에서 전설적인 인물로 통하는 장백호가 선출되었다. 장백호가 선출되고 13일 후 박곤이 영원히 눈을 감았다.

『홍길동 실전』의 보급과 정음의 대중화

민본원은 완전히 복구되었다. 기세가 오른 민본원이 가장 먼저 한 일은 정전당의 초대 당수인 홍길동을 야사野史에 묻혀 두는 것이 아니라 정사正史로 끌어올리는 것이었다. 민본원의 뿌리인 정전당을 당당하게 역사의 한 부분으로 위치시키는 것이었다.

허균이 쓴 정음 『홍길동전』은 허균이 역모 혐의로 처형되면서 금서가 돼버렸지만 필사본 형태로 퍼져 있었다. 방각본도 돌고 있었는데, 들리는 말로는 불가에서 목판으로 찍어 몰래 돌리고 중간에서 세책貰冊하는 이들이 유통하고 있다는 것이었다.

장백호는 허균의 『홍길동전』이 홍길동의 치열한 삶의 궤적을 온전히 드러내지 못했다고 생각했다. 그리고 현실과 동떨어진 도술적인 요소들이 지나치게 가미됐다고 봤다. 장백호는 이를 바로잡고자 했다. 장백호는 새로 쓰인 홍길동전의 명칭을 『홍길동 실전實傳』이라 명명했다.

민본원은 조정에 정음 『홍길동전』의 금서 지정을 폐하고 교정청이 펴낸 『홍길동 실전』을 전국에 보급할 것을 요구했다. 조정과 대간, 유림 사이에서 반대 의견이 있었으나 민본원의 위세가 워낙 막강하다 보니 이를 막아낼 방법이 없었다. 이종은 『홍길동 실전』을 발간하라 했다. 이로써 『홍길동 실전』은 전국 방방곡곡에 널리 퍼지게 되었다.

『홍길동 실전』의 관찬과 함께 한자 소설의 정음 번역이 유행했다. 『수호지』, 『삼국지연의』와 같은 오래된 중국 소설은 물론이고 『금사사몽유록』, 『유생전』과 같이 원나라를 배경으로 한 소설 등이 번역돼 읽혔다. 김시습의 한자 소설, 선조 때 이항복이 지은 『유연전』 등도 쏟아졌다. 정음 소설이 인기를 끌면서 시가와 소설에 대한 관심이 높아졌다. 그러다 보니 세책사들이 본격적으로 등장했다. 동시에 정음으로 소설을 써서 돈을 벌 생각을 하는 이들도 늘어나기 시작했다.

소설뿐만 아니라 「청산별곡」, 「서경별곡」, 「쌍화점」, 「처용가」 등의 고려 가사들도 활발하게 유통됐다. 또한 「하여가」, 「단심가」와 이현보의 「어부사」, 황진이의 시조가 정음으로 번역되었고, 정음으로 쓴 「도산십이곡」, 「구산구곡가」 등이 널리 퍼졌다.

선조 때의 사서 언해에 이어 광해군 때 삼경 언해가 이뤄지면서 유교 관련 서적들도 널리 퍼졌다. 『가례언해』, 『여씨향약언해』, 『상례언해』 등이 보급되면서 양반들도 정음을 학습하게 되었고, 평민들 사이에서도 유학에 대한 교양이 높아졌다. 광해군 때 『동의보감』이 언해되었는데, 이종 당시 『언해 동의보감』이 널리 퍼져 병을 치료하는 데 큰 도움을 주었다. 또 『언해 납약증치방』이 발간되어 내의원에서의 환약 치료가 민간에도 전승됐다.

소현세자 이왕의 비극

이종은 말년에 피해의식에 시달렸다. 이종은 두 차례의 전쟁과 민본원의 경장 복원책 등으로 문무백관으로부터 임금으로서의 권위를 인정받지 못하고 있다는 피해의식에 사로잡혀 있었다. 백성들도 자신을 인정하지 않고 욕한다는 생각에 젖어 있었다. 이종은 위축될 수밖에 없었다. 이종은 이런 자신의 처지를 이상한 방식으로, 그것도 극단적인 방법으로 해소하려 했다. 여기서 소현세자 가족의 비극이 싹텄다.

소현세자 이왕은 이종의 적장자였다. 정묘전쟁 당시 이종이 강화도로 파천하자 16세의 소현세자는 분조를 담당해 전주로 내려가 활약하는 등 자신의 역할을 훌륭하게 해냈다. 병자전쟁이 끝나고 동생인 봉림대군과 함께 청의 인질로 끌려갔다. 세자는 그곳에서 청나라 고위층과 친분을 쌓고 그로부터 얻어낸 정보를 이종에게 보고하곤 했다.

세자는 상당히 실용적인 사람이어서 세자빈 강씨의 권유

로 농장을 만들고, 청으로 끌려와 노예로 팔릴 처지에 놓인 조선 사람들을 구출해 농장에서 일하게 했다. 농장에서 얻은 곡물을 팔아 상당한 재물을 모으기도 했다. 언제나 당당하고 지혜로워 청나라 고관들도 세자를 높이 평가했다.

이종은 청나라에 대해 강한 증오심을 품고 있었다. 민본원과의 합의를 굴욕으로 여기고 있었고, 그 원흉이 청나라라 생각했다. 이왕도 청나라에 증오심이 있기는 마찬가지였다. 그러나 중원의 패권국이 된 청나라를 현실적으로 인정하고 좋은 관계를 유지해야 한다고 생각했다. 세자에 대한 칭송이 들려올 때마다 이종은 자신이 임금 자리에서 쫓겨날지 모른다는 두려움에 휩싸이곤 했다.

세자는 인질로 있는 동안 이종의 통제에서 벗어나 점차 자신의 영역을 키워 나갔다. 청에서 새로운 학문 조류와 문물 등을 접하면서 조선의 현실을 개탄하고 조선의 부국강병에 대해 간절한 소망을 갖게 됐다. 아담 샬을 만나기도 했는데, 아담 샬은 이때 장백호에 관해 말해 주었다. 세자는 조선으로 돌아가면 장백호를 꼭 만나리라 생각했다.

이런 사실들이 알려지면서 이종은 세자에 대해 의심의 눈초리를 보냈고, 그 의심은 두려움으로 변했다가 마침내 증오심으로 번져 가고 있었다. 이런 증오심은 세자빈 강씨의 아버지인 강석기가 사망했을 때 세자빈이 아버지 묘를 찾아 곡을 하게 해달라 청했을 때 이종이 허락하지 않은 것으로 최초로 표면화됐다. 심기원의 역모 사건 당시 이종을 상왕으로 물러나게 하고 세자를 임금으로 세우려 했으나 불가능하자 희운군을 세우려 했다는 공초가 나오면서 이종의 증오심은 더 커졌다.

9년 만에 세자 부부가 영구 귀국했다. 이종은 세자와 세손에게 그 어떤 위로의 말도 건네지 않았다. 환영연조차 열지 않았다. 세자는 이종이 자신을 증오하고 핍박하려 한다는 것을 알았다. 괴로움에 치를 떨었다. 세자는 귀국한 지 석 달도 안 돼 병사했다. 이종이 독살했다는 소문이 퍼졌다.

소현세자 이왕이 죽자, 이종은 원손이 아니라 둘째 아들 봉림대군을 후계자로 내세웠다. 대신들은 종법 질서에 어긋난다며 반대했지만 이종은 막무가내였다. 원손이 열 살로 너무 어리다는 이유에서였다. 이종은 나이 어린 원손이 즉위하고 어머니 강빈이 대비가 되어 섭정하게 되는 상황을 끔찍하게 여겼다.

이종은 여기에서 그치지 않고 발작적 만행을 저질렀다. 자신이 총애하는 후궁 소용 조씨를 저주했다는 죄목으로 원손 이석철의 유모 등 궁인 두 사람을 고문해 죽인 것이다. 죽은 소현세자의 아이를 임신하고 있던 강빈은 제발 궁인들에 대한 고문을 멈춰 달라며 애원했지만 소용이 없었다. 이종은 오히려 강빈의 남자 형제 네 명을 모두 유배형에 처했다.

이듬해에는 자신의 수라상에 올라온 전복에 독을 탔다는

누명을 강빈에게 씌워 강빈의 궁녀 열 명을 고문했다. 고문으로 일곱 명이 죽어 나갔다. 강빈은 이때 이종의 명으로 유폐돼 있던 상황이라 독살을 시도할 수도 없는 상황이었다. 결국 강빈은 폐서인이 된 후 사사됐다. 유배를 갔던 남자 형제들은 곤장을 맞다 죽었고 강빈의 친모까지 사형당했다. 소현세자와 강빈의 세 아들은 열 살, 여섯 살, 두 살의 나이에 제주도 유배형에 처해졌다. 막내만 빼고 두 아들은 돌림병에 걸려 죽었다.

장백호의 새로운 구상

인조(이종)가 사망하고 봉림대군 이호가 임금으로 즉위했다. 이호는 무엇보다 민본원 세력과 합의한 대동법 전국 시행을 급선무로 삼아야 할 처지였다. 인조 초기에 조익의 건의로 강원도와 삼남 지역에까지 대동법을 확대 실시하자는 논의가 있었으나, 양반 지주들의 반대와 흉년 등으로 인해 강원도까지 확대하는 데 그쳤다.

김육이 주도해 충청도와 전라도 일부로 대동법이 확대됐다. 선조 당시 대동법 실시에 반대했던 김장생의 제자로 산당(서인 내 강경파)의 영수이자 이조판서인 김집과 송시열 등이 반대하고 나섰지만 실행된 것이었다. 김집도 대동법 자체를 원천적으로 반대한 것이 아니라 공안貢案을 살펴 경감할 수 있는 것은 줄여 백성의 부담을 덜어 주고, 지방 관가에서 트집 잡아 공납물을 퇴짜 놓는 점퇴點退의 폐해를 우선 해결하는 것이 필요하다며 속도조절을 요구한 것이었다. 또 대규모로 쌀을 운송하고 저장할 수 있는지 사전 검토가 충분히 이뤄

져야 한다는 것이었다. 격렬한 논쟁이 벌어졌다. 김집은 반대의 뜻으로 벼슬을 버리고 낙향했다.

민본원은 지지부진한 대동법의 전국 시행에 대해 조정에 계속해서 항의하며 압박을 가했다. 그런데 민본원 내에서도 산당의 반대를 무시할 수 없다는 것을 서서히 깨닫고 있었다. 경장은 이상만으로 할 수 있는 것이 아니었다. 민본원은 대동법 실시와 함께 다른 방책을 찾는 작업에 돌입했다. 민본원장 장백호가 이 작업을 주도했다.

장백호는 이태리에서 돌아올 때 두가트 금화를 세 개 갖고 왔다. 당시 두가트 금화는 교황청뿐만 아니라 이태리 안의 많은 나라, 그리고 이태리 인접 국가들에서 널리 사용되고 있었다. 당시 구라파는 나라 간의 교역이 활발하고 식민지 개척 이후 무역이 왕성하게 이뤄지고 있었다. 상공업이 발달하고 시장도 많이 생겨났다. 산물의 유통과 교역 활성화를 위해 두가트 금화가 널리 사용되고 있는 것이었다.

장백호는 조선도 앞으로 화폐가 널리 사용되는 나라로 변모해야 한다고 생각했다. 그러기 위해서는 내부적으로는 물물교환, 외부적으로는 조공무역에 의존하는 것을 탈피해야 했다. 시장이 자유로이 개설되고 시장에서 유통되는 물산이 많아져야 했다. 중국과 왜만이 아니라 외국과의 무역을 확대해야 할 것이었다.

장백호는 곧바로 화폐를 전면 사용하기에는 어려움이 있

다는 것을 명확히 알고 있었다. 쌀과 면포가 화폐 기능을 하는 것을 당분간은 벗어나기 힘들 것이었다. 장백호는 일정 기간 쌀과 면포, 화폐가 공존할 수밖에 없다고 생각했다. 시장과 무역이 활성화되고 화폐가 쌀과 면포를 대체하려면 어느 정도 세월이 필요할 것이다.

명나라의 멸망으로 군신지의君臣之義를 명목으로 하는 조공무역 시대는 끝났다. 청과 형제지의로 대등한 관계에서 무역을 할 수 있는 시대가 도래한 것이다. 그동안 명은 조공품으로 다량의 금과 은을 요구했다. 그러다 보니 오랫동안 조정에서는 일부러 새로운 금은광 개발에 손을 놓았다. 이제 그럴 필요가 없어졌다. 민본원이 새로운 금광 개발권을 가지면서 금은광 개발이 활발해지고 있었다.

왜와 외교 관계를 재개하면서 무역도 확대되고 있었다. 장백호는 왜의 풍부한 은과 동에 주목했다. 왜와의 무역을 통해 은과 동을 들여올 수 있다면 화폐의 가치를 보전하는 것이 용이할 것이었다. 그동안 조선에서도 저화·조선통보, 최근에는 상평통보를 발행했지만 화폐의 광범위한 유통에는 실패했다. 그 이유 중 하나가 화폐의 가치를 보전하지 못해 화폐에 대한 신뢰를 상실한 탓이었다. 장백호는 은을 화폐 가치를 보증하는 수단으로 삼고, 그 보증 위에서 동전을 발행하는 방안을 구상했다.

화폐 사용이 널리 정착되면 쌀과 베라는 현물이 간접적인 화폐 역할을 하는 일은 끝날 것이다. 쌀과 베는 생필품인 데다 품질도 동일하지 않아 화폐 역할을 하는 것이 사실 어려웠다. 그런데 화폐가 쌀과 베를 완전히 대체한다면 방납 문제도 완전히 해결될 것이고, 쌀의 운송과 저장 문제도 해결될 것이다.

장백호가 화폐에 주목한 데는 더 근본적인 이유가 있었다. 조선은 오랫동안 나라를 지탱할 만큼 충분한 세금을 걷지 못했다. 논밭에 부과하는 전세田稅에 대한 의존이 컸는데, 전세를 인상하는 데에는 저항이 컸다. 그러다 보니 갈수록 전세보다 공납의 비중이 더 커졌다. 공납과 요역徭役은 인두세 성격이 컸기 때문에 세수의 불공정함을 강화시키는 역할을 하고 있었다. 장백호는 앞으로 인두세를 줄이고 전세를 늘려야 한다고 보았으나 결코 쉽지 않은 문제였다. 장백호가 화폐경제를 구축하려는 이유 중에는 화폐 가치와 주조 비용의 차익을 나라가 취할 수 있어 이를 통해 상당한 재정을 확보할 수 있다는 복안도 있었다.

장백호는 이 문제를 영의정 김육과 상의하고 있었다. 김육은 조정 내에서 대동법의 확대를 줄기차게 주장해 왔다. 세수 확대를 위해 심지어 양반들에게도 군포를 걷어야 한다는 주장까지 거침없이 했다. 또한 김육은 조선이 화폐경제로 나아가야 한다는 생각을 하고 있었다. 당대 최고의 개혁가인 50대의 장백호와 70대의 김육이 손을 잡은 것이다.

실물경제에 밝았던 김육

김육은 광해군 때 계축옥사를 주도한 대북에 반내해 성균관에서 나와 가평 잠곡으로 낙향해 농부의 삶을 살았다. 직접 밭을 갈고, 산에서 나무를 베다가 숯을 구워 한양에 내다팔았다. 가평에서 한양까지의 길이 멀었지만 김육은 부지런히 숯을 가져다 팔았다.

약초 캐러 구름 뚫고 산 올라갔고
낚시 한 뒤 달빛 안고 돌아왔었지
나무 하는 늙은이나 농사꾼들과
세월이 오래됨에 사귐 깊었고
가을 서리 내리면 추수 서둘고
봄비가 내릴 적엔 밭을 갈았지

김육은 양반이라는 의식을 버리고 민초들과 같이 삶을 영위한 것이었다. 그렇게 30대를 보내면서 전세, 공납, 군역에

허덕이는 백성들의 삶을 지척에서 볼 수 있었다. 나중에 대동법을 주장한 것은 이때의 경험이 작용한 것이었다. 이렇게 김육은 인조반정으로 조정에 복귀하기 전까지 10년 동안 노동하는 삶을 살았다. 김육의 개혁은 머릿속의 이상에 근거한 것이 아니라 철저히 현실에 기반한 것이었다.

김육은 음성현감으로 있을 때 호패법 완화와 공납 문제를 제기하는 상소를 올리려 했다. 그러나 지방 현감으로는 불가능한 과제였다. 정묘전쟁 때는 「논양서사의소」를 올려 쑥대밭이 된 평안도와 황해도 일대에 대한 세금을 감면하고 재정을 지원하며, 탈영병들을 사면해 병력에 보태자고 건의했다. 충청도 관찰사로 있을 때는 풍랑으로 수송이 어려웠던 안면도와 태안반도 사이에 운하를 뚫어 조운의 안정성을 획기적으로 높였다. 그리고 이어서 충청도에 대동법 시행을 제안했다. 병자전쟁 때 충청도가 삼남 지역 가운데 전란의 피해가 적어 오히려 공납 부담이 늘었는데, 이를 가볍게 하기 위함이었다. 그러나 받아들여지지 않았다.

김육은 장백호와의 교감 속에서 화폐의 유통을 적극적으로 추진했다. 김육은 청에 사신으로 다녀오면서 동전 15만 푼을 가져와 의주에서 시범적으로 유통을 시도한 적이 있었다. 그때의 경험을 바탕으로 화폐 보급을 강하게 밀어붙였으나 평안도·울산 등 일부 지역에서만 성과가 있었다. 화폐가 원활하게 유통되지 못하고 저장돼 쓰이지 않는 경우가 많았던 것이다. 비록 실패했지만 이때의 교훈은 이후 화폐의 성공적인 보급에 유용한 참고가 되었다.

이호가 보위에 올랐을 때 김육의 나이 70세였다. 은퇴할 나이였지만, 이호는 산당을 중용하면서도 김육을 높이 사서 우의정으로 임명했다. 김육은 산당의 대동법 확대 반대를 목숨을 걸고 막아냈다. 호조판서 이시방, 예조판서 남선, 예조참판 허적 등이 김육의 뒤를 받쳤다. 이호는 김육의 차남 김우영의 딸을 세자빈으로 맞으며 김육에게 힘을 실어 줬다.

충청도에서의 대동법 시행이 성공했다는 평가를 얻었다. 전라도 백성들이 대동법 시행으로 부담이 적어진 충청도로 옮겨가 남은 전라도 백성들의 부담이 늘어나자, 전라도의 관리와 유생들이 나서서 전라도에도 대동법을 시행하자는 장계와 상소를 올렸다. 그리하여 전투용 배를 만들고 수선하는 역이 많았던 해안 지역부터 먼저 실시하기로 했다.

김육은 전라도 전 지역의 대동법 시행을 보지 못하고 눈을 감았다. 그는 죽기 전까지 대동법에 대한 관심을 놓지 않았다. 전라도에서의 대동법 성공을 위해 청백리이자 대동법에 소신이 있던 서필원을 전라도 관찰사로 천거했고 죽기 전에 임금에게 서필원을 보살펴 달라고 부탁하기까지 했다.

이호는 그가 죽자 5일간 슬픔에 겨워 조회를 보지 않았다. 이호는 탄식했다. "어떻게 하면 국사를 담당하여 김육과 같이 확고하여 흔들리지 않는 사람을 얻을 수 있겠는가!"

이호의 강병책

이호는 인질로 청나라에 있을 때 명나라의 멸망을 지켜봤다. 그것을 보면서 문명이 높다 한들 외부의 침략으로부터 나라를 지켜내지 못한다면 아무 소용이 없다는 생각을 하게 됐다. 조선은 군사력을 키워야 했다. 조선이 청을 오랑캐의 나라로 비하하고 스스로를 높여 '소중화'로 치켜세운들 나라를 지킬 능력이 없다면 허망한 것이리라. 병자전쟁의 환란에서 벗어날 수 있었던 것은 민본원 세력의 참전 덕이 컸다. 민본원과의 관계를 다시 정립한 만큼 이제 나라의 군사력을 강화해야 했다.

이호는 전란이 다 수습되지 않은 상태에서 군사력을 늘리려면 명분이 있어야 한다고 생각했다. 특히 유림의 광범위한 지지를 받을 수 있어야 하고, 조정의 주류인 산당이 동의할 수 있는 명분이어야 했다. 산당은 춘추지의春秋之義를 내세우며 남명과의 관계에 집착했다. 이호는 그 명분을 북벌론에서 찾았다. 이호는 산당의 영수인 송시열을 이조판서로 임명해

손잡고 북벌론을 명분으로 비밀리에 군사력 강화를 추진했다. 이호는 산당이 북벌론에 명분상 동의하지만 실제 북벌을 추진할 의지까지는 없다는 것을 꿰뚫고 있었다. 군사력 강화는 이호의 왕권 강화에도 도움이 될 것이었다.

이호는 총병을 강화했다. 총병을 보병 중심으로 편제했다. 그리고 납 탄환보다 명중률과 위력을 높이기 위해 강철 탄환을 개발했다. 그 효과는 청나라와 러시아(루스 차르국) 전쟁에서 입증되었다. 러시아의 연해주 흑룡강 지역의 남하로 국경에서 두 나라 간에 군사적 충돌이 벌어졌다. 시베리아까지 영토를 확장한 러시아가 남하를 시도했던 것이다. 청나라와 명나라의 전쟁이 완전히 끝나지 않은 상황이라 대규모로 병력을 이동시킬 수 없었던 청나라가 조선에 파병을 요청했다. 특히 포로 무장한 러시아 원정대 병력을 격파하기 위해 총병 위주의 부대 파병을 요청했다.

이에 이호는 총병 100여 명 등 총 152명의 병력을 파견했다. 1차 성공적인 토벌 후 84일 만에 파견 병력이 돌아왔는데, 사상자가 단 한 명도 없었다. 청나라는 2차 토벌에서도 조선에 병력 파견을 요청해 200명을 파견했다. 이때는 치열한 전투로 7명의 전사자와 25명의 부상자가 발생했다. 전투는 조청 연합군의 승리로 끝났다.

이 전투에서 청나라는 수백 정의 러시아 총을 전리품으로 챙겼다. 조선군 지휘관이었던 신류는 끈질기게 청에 요청한 끝에 러시아 총 한 자루를 얻었다. 당시 조선군의 총은 화승총이었다. 심지에 불을 붙이는 방식이었다. 이와 달리 러시아의 총은 머스킷 소총으로 수석燧石, 즉 부싯돌로 점화하는 방식이었다. 머스킷 소총은 화승총에 비해 불발률과 명중률은 낮았지만 발사 속도가 세 배나 빠르다는 장점이 있었고, 일제사격을 하기가 용이했다. 조선은 신류가 머스킷 총을 구해 오기 이전에도 조선 땅에 표류한 박연·하멜 등 네덜란드인으로부터 머스킷 소총을 획득한 상태였다. 하멜의 표류 때에는 그들이 타고 온 배에서 대포 2문도 획득했다.

인조 때 조선에 귀화한 박연의 임무 중 하나는 머스킷 총의 복제였다. 이호는 군기시에 머스킷 총과 네덜란드 대포의 복제와 개량을 지시했다. 이호는 여진족과의 전쟁 때 그들이 사용하는 홍이포의 성능이 우수한 것을 보았다. 조선도 그런 포를 가져야 했다. 3년이 지나 마침내 머스킷 총과 대포를 복제하는 데 성공했다. 머스킷 총의 생산 비용이 화승총보다 훨씬 많이 들어 실익이 없다는 주장이 나왔지만, 이호는 개발과 개량에 계속 힘쓰도록 지시했다. 부싯돌로는 흑요석과 대체품으로 마노가 쓰였는데, 당시 조선에서는 생산이 거의 되지 않아 차돌을 부싯돌로 쓰고 있었다. 그런데 차돌은 점화 기능이 떨어져 이호는 왕실의 귀금속용이라 속이고 청나라로부터 마노를 들여오도록 했다.

장백호의 획기적인 통상 제안

하멜 등 동인도회사 소속 네덜란드인 36명이 왜의 나가사키로 항해하던 중 폭풍을 만나 표류하다 세주도에 억류됐다가 한양으로 압송되었다. 선조 때 표류하다 제주도에 들어온 포르투갈인 마리이를 명나라를 통해 송환했듯이, 이번에도 중국을 통해 송환해야 했으나 청과 명의 전쟁이 끝나지 않은 상황이라 억류한 것이었다. 인조 당시 표류해 온 박연도 송환하려 했으나 중국의 상황이 여의치 않고 왜도 기독교인이라 받아들이지 않아 결국 송환을 포기했고, 박연은 귀화했다.

하멜 등은 왜로 가게 해달라고 간청했으나 받아들여지지 않았다. 하멜 등은 훈련도감에 소속되어 무기와 선박 개량 작업에 종사하도록 했다. 그런데 무기 기술자는 없고 선박 기술자만 있어 하멜은 선박 개량 일을 주로 맡았다. 하멜은 항해사였다. 조선의 주력 군함인 판옥선은 바닥이 평평한 평저선이고 사람의 노 젓는 힘으로 움직이다 보니 먼 거리

항해 능력이 떨어졌다. 그래서 주로 연안에서 전투를 벌일 수밖에 없었는데, 이호는 그러한 단점을 고쳐 먼 거리에서도 전투할 수 있는 전선을 만들라 했다.

청나라 사신이 왔을 때 네덜란드인들 중 일부가 그 사신들에게 뛰어들어 구명을 청하려 한 적이 있었다. 이에 조정에서는 이들을 처형하자는 주장이 일었으나 이호와 이호의 동생 인평대군의 보호로 무사할 수 있었다.

장백호는 이 소식을 들어 알고 있었다. 장백호는 이호에게 획기적인 제안을 했다. 하멜 일행 중에 선박 전문가가 많으니 장기 항해를 할 수 있는 대형 선박 두 척을 만들게 해 이들을 네덜란드로 귀환하게 하되, 조선 사람들도 배에 승선시켜 네덜란드에 가서 통상을 교섭하고 다시 귀환하게 하자는 것이었다. 당시 왜는 네덜란드를 화란이라 부르며 네덜란드와 통상을 하고 있었는데, 이 기회에 조선도 구라파의 네덜란드와 통상 기회를 갖고, 이를 계기로 구라파 나라들과의 통상 확대를 모색해 보자는 것이었다.

이호는 이 제안을 받아들이고 적극적으로 지원하겠다는 뜻을 밝혔다. 하멜 일행도 기쁘게 받아들였다. 이호는 하멜 일행이 조선에 대해 반감을 갖지 않도록 지극정성으로 보살피라 명을 내렸다.

장백호는 천주교 신자가 되어 조선으로 돌아온 후 『하나님 말씀』을 보급하며 천주교 신자를 늘려 나가고 있었다. 장백호는 이들 중 몇 사람을 배에 태워 구라파를 경험하게 할 심산이었다. 그중에는 장백호의 조카로 갓 스무 살이 된 경기도 민의원 장길산이 있었다. 장길산은 천주교 신자였다.

이호는 훈련대장 이완에게 장백호와 상의해 이 작업을 지휘하라 명했다. 준비 작업에는 1년 정도가 소요되었다. 대형 범선 두 척이 만들어졌고, 150명의 조선인이 선발되었다. 항로는 네덜란드인들이 맡을 것이었다. 총과 대포로 무장을 했다. 드디어 기나긴 네덜란드까지의 바다 여정이 시작된 것이다.

윤선도, 정음 시조를 대중화하다

윤선도는 남인 강경파로 당시 집권세력이었던 송시열 등 서인의 전횡을 탄핵하는 상소를 여러 번 올렸다가 세 차례나 유배형에 처해졌다. 이에 환멸을 느껴 출사出仕를 단념하고 은일隱逸의 삶을 택했다. 고향인 해남으로 내려가 경치가 좋은 곳에 정자를 짓고 정음으로 시조를 지어 자신의 답답한 마음을 달랬다. 윤선도의 학문적 관심은 유학에 그치지 않았다. 백가百家 사상을 탐독했고, 복서卜筮와 지리, 의학에도 조예가 있었다. 의학에 얼마나 조예가 깊었는지 내의원에서 그에게 처방전을 구할 정도였다.

윤선도 이전에도 이이와 이황이 정음으로 시조를 지은 사례가 있었다. 그렇지만 정음 시조는 예외적인 것으로 대중화된 것은 아니었다. 정철 이래로 장가長歌인 가사는 대중화됐지만 단가인 시조는 그렇지 못했다. 윤선도에 의해 비로소 정음 시조의 대중화가 이뤄졌다. 「산중신곡」, 「산중속신곡」, 보길도에 있을 때 지은 「어부사시사」 등 그의 뛰어난 정음 시조는 널리 알려졌고 많이 불렸다.

연밥에 밥을 싸서 준비하고 반찬은 준비하지 마라
닻 들어라 닻 들어라
푸른 갈대로 만든 삿갓은 이미 쓰고 있노라
도롱이는 가지고 왔느냐
지국총 지국총 어사와
무심한 갈매기는 내가 저를 좇는 것인가
제가 나를 좇는 것인가

윤선도 이후 정음 시조는 양반사대부와 여성, 평민들에 의해서도 창작되고 노래로 불렸다. 특히 평민들에게 대중화되면서 기존의 엄격한 틀에서 벗어나 다양한 방식의 정음 시조가 창작되었다.

이호의 죽음과 이원의 계승

비 개인 뒤 맑은 빛에 온갖 초목이 새로운데
한자리의 늙은이와 젊은이는 임금과 신하로다
꽃 속의 대와 버들에 싸인 정자는 마치 그림 같은데
때때로 들리는 꾀꼬리 소리는 주인을 부르누나

이호는 죽기 한 달 전 창덕궁 뒤뜰에서 열린 잔치에서 이 시를 읊었다. 이날 이호는 뒷날 다시 만날 것을 어찌 기약하겠냐며 슬픈 표정을 지었었다. 이호는 39세의 나이로 사망했다. 얼굴에 난 종기를 치료하기 위해 침을 놓았는데, 어의 신가귀가 수전증으로 손을 떨어 혈락血絡을 범하는 바람에 피가 멈추지 않아 결국 과다출혈로 사망한 것이었다. 신가귀는 교수형에 처해졌다.

이호의 와아들로 세자인 이원이 자리를 이어받았다. 이원은 즉위하자마자 할머니인 조대비가 얼마 동안 상복을 입어야 하는가로 서인과 남인 간에 정치적 격돌이 있었던 1차

예송 논쟁을 원만하게 해결했다.

이원은 아버지 효종의 부국강병책을 이어받았다. 범죄자 색출과 세금 징수 및 부역 동원 등을 효과적으로 시행하기 위해 다섯 집을 한 통으로 묶는 오가작통五家作統을 강화했고, 수리 시설을 손보고 양전 사업에 힘쓰는 등 나라의 재정을 튼튼히 하기 위해 노력했다. 무기 개량에 힘썼고 군사 훈련에 심혈을 기울였다. 구라파 문물이나 과학기술에도 관심이 많았다. 혼천의 개량이나 자명종 제작에도 심혈을 기울였다. 또한 이원은 동활자 10만 개를 주조해 출간 사업을 부흥시키고자 했다.

네덜란드 파견대의 귀환

하멜 등을 돌려보내고 네덜란드와의 통상 기회를 모색하기 위해 파견한 배와 인원들이 귀환했다. 햇수로 5년 만이었다. 150명 중 무려 32명이 중도에 병으로 사망했다고 했다. 인도에 정박했을 때 현지인과 무력 충돌이 있었으나 동인도회사 소속인 하멜이 잘 중재해 큰 충돌로 번지지는 않았다고 했다.

그런데 하멜이 네덜란드에 남지 않고 다시 조선에 함께 왔다. 하멜은 이 기회에 조선과 동인도회사, 네덜란드 간의 중계무역권을 얻을 심산이었던 것이다. 당시 네덜란드는 조선과 교역을 하지 않고 왜와만 교역을 하고 있었는데, 왜는 네덜란드와 조선 간의 직접 교역을 막으려 했다.

하멜이 주목한 것은 조선의 도자기였다. 네덜란드에는 중국의 도자기가 수입되고 있었는데, 조선의 도자기는 중국에 결코 뒤지지 않았다. 네덜란드는 왜로부터 들여온 도자기가 왜의 것이라 생각했는데, 알고 보니 왜가 조선에서 수입한 것을 네덜란드에 팔았던 것이다. 하멜은 조선의 도자기 수입권을 얻는다면 막대한 부를 거머쥘 수 있겠다는 생각을 했다. 게다가 왜의 막부가 외국과의 무역을 금지할 조짐이 보였기 때문에 조선이 왜를 대신할 필요가 있다고 판단했다. 하멜은 동인도회사에 이를 보고하고 조선과의 도자기 무역에 대한 권한을 얻었다.

이후 하멜은 인삼에 주목했다. 인삼은 약재로 인기가 많아 청나라로 수출되고 있었다. 하멜은 잘만 하면 인삼이 구라파에서도 인기를 끌 수 있다 생각했다. 하멜의 예상은 적중해 5년도 안 돼 인삼 무역의 비중이 도자기 무역보다 더 커졌다. 하멜은 떼돈을 벌었다.

하멜은 조정의 허가를 얻어 제물포에 상관商館을 설치했다. 하멜은 동인도회사에 요청해 조선에 근무할 인원을 배정해 달라 하여 다섯 명의 인원을 파견받았고, 조선 현지에서 다섯 명을 고용했다. 장백호는 파견대와 별도로 장길산으로부터 자세한 보고를 받고 네덜란드로부터 금·은·동(구리)·철·모직물을 수입하고, 네덜란드 통상의 거점인 바타비아 등으로부터 조선에는 없는 향신료·설탕 등을 수입하는 것이 좋겠다는 의견을 냈다.

당시 네덜란드와의 교역 대금 지불 수단은 금과 은이었다. 왜로부터 은을 수입하고 있었는데, 늘어나는 네덜란드와의 교역에 충당하기에는 한계가 있었기 때문에 금과 함께 은을 들여온 것이었다. 동은 늘어나는 국내 교역에 맞춰 상평통보 발행량을 늘리기 위해 들여왔다.

나중에는 국내외 교역과 환전 편의를 위해 '민본금화'와 '민본은화'를 발행했다. 갈수록 교역량이 늘어나면서 금과 은을 쪼개고 계량해 지불하는 방식이 번거로웠던 것이다. 구라파에서 발행되는 두카트 금은화, 플로린 금은화와 일정 환율을 적용해 환전할 수 있도록 조선의 금화와 은화를 발행한 것이었다.

철은 네덜란드를 통해 북구라파의 스웨덴이라는 나라의 철을 들여왔다. 스웨덴의 철은 구라파에서 가장 좋은 철로 알려져 있었다. 수입한 철은 주로 대포와 농기구 제작에 쓰였다. 천전제 시행 이후 농기구에 대한 수요가 급격히 증가하고 있었다.

모직물은 거의 구라파에서 들어온 인도산 모직물을 수입한 것이었다. 장백호는 민생을 위해서는 곡물과 함께 의복이 중요하다고 보았다. 당시 조선에서 의복은 가내 제작에 머물러 있었다. 장백호는 값싸고 품질이 좋은 인도산 모직물을 들여와 의복이 더 다양하고 풍부해지기를 원했다. 인도산 모직물은 머지않아 선풍을 일으켰다.

장백호가 장길산을 따로 불렀다.

"길산아, 무엇을 느꼈느냐?"

"구라파는 바다 건너 새로운 땅들을 발견하고 대규모 선단을 세상 이곳저곳에 보내 무역에 힘쓰고 있었습니다. 구라파의 나라들은 열병 앓듯이 상업이 들끓고 있었습니다. 이제 무역과 상업으로 돈을 번 자들은 귀족이라 불리는 상위 신분 못지않게 대우를 받고 있고, 영향력을 확대하고 있었습니다. 저는 구라파에서 조만간 신분 질서가 완전히 혁파될 것이라는 느낌을 받았습니다.

우리는 여전히 사농공상이라 해 공상을 우습게 여기고 있는데, 이는 조선의 앞날에 큰 걸림돌입니다. 나라가 부유해지고 강해지려면 상업과 공업이 발전해야 한다는 걸 뼈저리게 느꼈습니다. 우리 조선도 우물 안 개구리에 머물지 말고 눈을 바다 밖으로 돌려야 합니다. 선단을 만들어 다른 나라들과 통교하고 무역을 해야 합니다. 무역과 상업이 발달하면 자연스럽게 공업이 발달하고, 새로운 작물을 수입해 오면 농업 작물도 더 다양해지고 풍요로워질 수 있을 것입니다.

네덜란드에는 알다블aardappel이라는 뿌리 작물이 있었습니다. 다른 나라에서는 포테이토라고 부른다는데, 척박한 땅에서도 잘 자라 구황용으로 널리 쓰인답니다. 이걸 들여와 밭과 산에서 기르면 농업 발전에도 도움이 되고 구황에도 크게 도움이 될 것입니다. 기근이 아닐 때에도 이 뿌리 작물이 쌀을 어느 정도 대체한다면 쌀값을 안정시키는 데에도 도움이 될 것으로 생각합니다. 하멜에게 알다블을 들여오도록 하는 게 좋겠습니다."

"길산아, 네 말마따나 백성들이 부유해진다면 지금의 양반-평민 질서는 반드시 흔들리게 돼 있다. 지금도 부유한 평민들이 공명첩을 사서 양반 행세를 하는 일이 비일비재하지. 양반이 적어야 신분이 유지되는 것이지 양반이 흔해지면 유지될 수가 없을 것이다. 상업이 발달하고 공업이 발달해 그로부터 부를 쌓는 이들이 많아지면 세상이 흔들리고 뒤바뀔 것이다. 백성들이 정음을 익혀 아는 것이 많아졌고, 아는 것을 나누는 일이 활발해졌다. 여기에 부가 더해진다면 그 백성은 전혀 다른 백성이 되는 것이다. 그러면 신분 차별이 없는 대동세상이 오게 돼 있다. 길산아! 너는 그런 대동세상을 꿈꾸며 준비해야 한다. 알겠느냐?"

"명심하겠습니다."

이 해 민본원의 전설이자 2대 민본원장인 장백호가 고령을 이유로 사임했다. 장백호의 뒤를 경상민본원장 송죽이 이었다. 송죽은 민본원 내에서 청렴하고 깐깐한 것으로 이름이 높은 인물이었다. 얼마 지나지 않아 장백호가 사망했다는 소식이 전해졌다.

경신대기근과 송죽의 죽음

알다블이 널리 보급되었다. 언제부터인가 사람들은 이 뿌리 작물을 발음이 어려운 알다블 내신 '감사'라 불렀다. 감자는 기근이 있을 때마다 훌륭한 구황 역할을 했다. 감자 때문에 웬만한 기근은 극복할 수 있었다.

이원 재위 때 조선 최대의 재난 참사인 경신대기근이 발생했다. 냉해, 가뭄, 홍수, 병충해, 지진 등이 연속으로 발생했고, 설상가상으로 전염병까지 창궐했다. 감자 농사도 냉해 때문에 속수무책이었다. 이원은 대동법을 전라도 지역까지 확대하고, 백성들의 빚을 탕감해 주고 요역을 줄이는 등 대기근 극복에 힘썼지만 역부족이었다. 많은 백성이 굶어 죽었다. 먹을 게 없어 심지어 죽은 시신을 먹는 일까지 벌어졌다.

조정에서는 청나라나 왜로부터 곡물을 수입해야 한다는 공론이 일었다. 형조판서 서필원이 나서서 곡물 수입을 주장했다. 비축미가 동나는 등 상황이 심각해지자, 이원도 곡물 수입에 동의하기에 이르렀다. 그러나 청이나 왜나 그즈음

작황이 좋지 않았다. 현실적으로 청나라에서 곡물을 수입할 수밖에 없는 상황이었지만, 청나라도 요동 지역의 기근으로 쌀 수출이 쉽지 않았다. 다수의 신료들은 청으로부터 곡물을 수입하는 것에 반대했다. 청에 대한 악감정이 여전히 발목을 잡고 있었다.

당시 민본원장 송죽이 이원을 만나 민본원이 낼 수 있는 재산을 다 내놓을 테니 청나라로부터 쌀 10만 석을 수입하자고 했다. 그리고 임금과 신료, 민본원 등 모든 고위층이 솔선수범해서 백성들과 어려움을 함께하는 뜻에서 사치를 버리고 최소한의 식량으로 살아갈 것을 제안했다. 이원은 조정을 대신해 민본원이 곡물 수입을 청과 교섭할 것을 명했다.

송죽이 직접 나섰다. 처음에 청에서는 난색을 표명했다. 긴 설득 끝에 5만 석을 들여오기로 했다. 대기근에 대처하기 위해서는 10만 석 정도가 필요했으나 5만 석도 다행이었다. 해결은 할 수 없으나 해갈은 할 수 있었다.

송죽은 당시 60대의 나이인 데다 건강 상태가 좋지 않아 몸을 잘 돌봐야 할 상황이었다. 그러나 송죽은 하루 한 끼만 먹겠다, 그것도 수수와 조로 된 밥만 먹겠다 고집을 피웠다. 백성들이 굶어 죽는데 하루 세 끼 쌀밥을 먹는 건 사치라고 했다. 주위 사람들이 음식을 제대로 섭취해야 한다고 눈물로 간청했으나 소용이 없었다. 송죽은 병이 깊어져 결국 사망했다. 송죽은 죽기 전에 장례를 치르지 말라고 했다. 그저 화장

한 후 장백호 옆에 묻어 달라 했다. 새로운 민본원장으로 당시 경기 민본원장 자리에 있던 장길산이 선출됐다

이원도 수라상을 간소화했다. 임금이 그리하자 신하들도 따랐다. 우의정 홍중보, 병조판서 김좌평 등 10여 명이 영양실조로 사망했다.

이순의 환국 정치

이원은 아버지처럼 종기에 시달렸다. 그리고 잔병치레가 많더니 결국 33세의 나이에 요절했다. 이원의 아들 이순이 왕위를 이었다. 그때 이순의 나이는 열네 살에 불과했으나 수렴청정 없이 곧바로 친정을 했다. 이순은 현종 이원의 외아들로 임금으로 즉위하는 데 걸림돌이 될 대군이 한 명도 없었다. 왕실에서도 위협이 될 만한 이들이 없었다. 그나마 있던 인평대군의 아들들은 이순의 재위 초기 '삼복의 옥'으로 죽거나 힘을 전혀 쓸 수 없는 상태였다. 외척과 관련한 문제도 없었다. 완벽한 정통성과 왕위의 안정성을 갖추고 있었고, 왕위를 승계할 때 어떠한 사람들에게도 빚을 지지 않았다.

그런데 어머니 명성왕후가 "세자는 내 배로 낳았지만, 그 성질이 아침에 다르고 점심에 다르고 저녁에 다르니 나로서는 감당할 수가 없다"고 할 정도로 고집이 셌다. 이순은 다혈질인 데다 냉혈 인간이었다. 왕비를 네 번이나 들였는데, 왕비들과 외척들을 정치적 사건 해결의 수단으로 삼고 버리곤 했다. 장희빈을 왕비로 세우기 위해 인현왕후를 폐출했다가 장희빈에게 사약을 내리고 다시 복위시키기도 했다. 이순은 병약했으며 죽는 날까지 화병에 시달렸다.

이순의 통치 방식은 다른 임금과는 달랐다. 예전 임금들이 당파 간의 견제와 균형을 추구했다면, 이순은 환국換局을 통해 한 당파가 권력을 독점하는 방식을 선호했다. 이런 방식을 통해 왕권을 강화하려 했던 것이다. 남인을 몽땅 몰아내 서인이 권력을 독차지하게 했다가, 다시 서인을 몽땅 몰아내 남인이 독차지하게 하는 방식이었다. 그럴 때마다 사생결단의 보복성 숙청으로 큰 희생이 뒤따랐다.

갑인예송, 홍수의 변과 경신환국, 기사환국, 갑술환국, 신사의 옥, 임부의 옥사와 이잠의 옥사 등이 연이어 일어났다. 그 결과 남인은 완전히 몰락했고, 서인은 남인에 대한 온건파인 소론과 강경파인 노론으로 나뉘었다. 병신처분으로 소론도 완전히 영향력을 잃어 결국 노론이 조정을 완전히 장악했다. 서인의 영수이자 효종, 현종 그리고 이순 자신의 스승이기도 했던 송시열도 팔십이 넘은 나이에 제주도로 유배 보냈다가 사사했다. 송시열이 두 차례의 예송 논쟁을 통해 이순의 할아버지인 효종의 정통성을 건드려 이순의 정통성까지 흔들고, 정실이 아닌 후궁 장희빈의 아들을 세자로 세우려는 것을 극구 반대했다가 벌어진 일이었다. 왕권 강화에

혈안이 돼 있는 이순에게 송시열 같은 원칙주의자는 탐탁지 않은 존재일 수밖에 없었다. 많은 서인계 신하들과 유생들이 송시열 처벌에 반대하는 상소를 올렸지만, 이순은 듣기는커녕 상소를 올린 자들을 모조리 유배 보냈다.

이 과정에서 이순은 신하들에게 충성을 강요했다. 이순은 단종과 사육신을 복권시켰다. 사육신의 충성심을 신하들에게 본받으라는 의미였다. 이순은 말년에 자신이 죽인 장희빈과의 사이에서 난 아들인 세자를 폐세자하려고도 했다. 세자가 즉위해 연산군처럼 피바람을 불러일으킬 것을 두려워했던 것이다.

이순의 냉혹한 경장

이순은 조정의 백관들에게 냉혹했다. 그러면서 왕권을 강화해 전란의 후유증을 완전히 극복하고 조선을 부흥시키고자 했다. 이순은 조선의 부흥을 위해서는 다시 경장이 필요하다고 생각했다. 이순은 경장을 위해 민본원과 손잡는 것을 선택했다. 조정 대신들과 민본원에게 이중적인 접근을 한 것이었다. 조정 대신들에게는 환국의 냉혹함으로, 민본원에게는 경장의 뜨거운 열정으로.

이순은 민본원장 장길산을 만나 한 가지 원칙에 합의했다. 민본원은 조정 내 정치에 불간섭의 자세를 견지하고, 오직 경장을 위해 손을 맞잡자는 것이었다. 이순은 경장을 위해서 신료들을 누를 수 있는 강력한 왕권과 민본원의 민권 강화 정책이 만나야 한다고 판단했던 것이다.

먼저 대동법의 확대 실시를 추진했다. 대동법을 평안도·함경도·제주도를 제외하고 전국으로 확대한 것이다. 평안도·함경도·제주도는 쌀 생산량이 많지 않았기 때문에 사실상 대동법을 전국에서 실시하는 것과 다를 바 없었다.

또한 화폐를 도입하고 시장을 활성화시켰다. 이를 위해 상평통보를 대대적으로 주조해 유통시켰다. 당시에 새로운 금광 개발로 금 생산이 급격히 늘고 있었고, 왜와의 무역을 통해 은과 구리도 많이 유입되고 있었다. 그 양이 상평통보의 가치를 지키기에 부족하지 않았다.

장길산은 금과 은, 상평통보, 그리고 쌀과 면포의 교환을 어떻게 할 것인지 일일이 정하도록 했다. 금과 은의 가치를 벗어나지 않는 범위 내에서 상평통보 발행량을 조절하기로 했다. 쌀과 면포의 현물 화폐 기능을 서서히 줄여 나갈 생각이었다.

금 한 냥과 은 한 냥의 교환 비율은 33 : 1로 하고, 은 한 냥과 상평통보의 교환 비율은 2 : 1로 했다. 또 쌀 한 석은 상평통보 5냥으로 하고, 상평통보 한 냥에 면포 1.5필로 교환 비율을 정했다. 상평통보를 금이나 은으로 바꾸고자 할 경우는 최소 100냥 이상이어야 하고, 호조의 허가를 받도록 했다. 금과 은의 시세가 급격히 변동하게 되면 호조에서 교환 비율을 다시 공시하도록 했다.

초기에는 충분한 화폐 발행을 위해 호조에서 상평통보의 규격을 제시하고 호조, 상평청, 진휼청, 정초청, 사복시, 어영청, 훈련도감과 각 지방관청에서 주조하도록 했다. 그리고 화폐 주조량을 엄격하게 호조에 보고하게 해 화폐 주조가 남발하는 것을 막았다. 화폐 발행이 어느 정도 충족되면 그 후로는 호조로 주조를 일원화할 계획이었다.

한편 육의전과 시전 상인이 갖고 있던 금난전권을 폐지했다. 난전亂廛을 허용해 육의전과 시전 상인이 갖고 있던 특권을 없애 상업을 활성화하기 위해서였다. 강한 반발이 있었지만 이순은 강력하게 밀고 나갔다. 지방의 향시鄕市에 대해서도 지방 관아가 간섭하지 못하도록 했다.

이순 즉위 당시 두 차례 큰 기근이 발생하긴 했지만, 이제 전란의 후유증은 거의 수습되고 있었다. 천전제를 시행한 효과가 나타나고 있었다. 자급자족하고 남은 농산물이 시장에 나오기 시작한 것이다. 대동법을 전국적으로 시행한 뒤로 공납의 부담이 줄어든 덕에 특산물도 시장에 나오는 일이 빈번해졌다. 이 무렵 이앙법이 일반화되면서 쌀 생산이 많이 늘었다. 노비제와 천인제 폐지 후 이들이 만든 수공예품도 활발하게 유통되고 있었다. 신분의 제약이 사라진 효과였다. 상공업이 꿈틀거리는 상황에서 시장 개설을 막는 정책은 유지될 수가 없었다. 시장의 자유로운 개설과 물물의 자유로운 유통, 여기에 화폐의 안정적이고 충분한 공급은 조선의 면모를 새롭게 바꾸고 있었다.

변경이 안정되면서 청나라와 왜와의 무역도 활발해졌다. 이순은 변경에 형성된 외국 무역 시장인 개시開市가 활성화될 수 있게 했다. 관에서 쓸데없이 간섭하는 일이 없도록 엄명을 내린 것이었다.

그러나 밀무역을 방지하기 위해서 변경에서 사무역을 하는 경우, 관에 반드시 등록하도록 했다. 이순은 왜와의 교역을 중시했다. 두모포의 왜관이 좁다 하여 초량으로 옮겨 왜관을 넓혀 주었다. 이순 당시에 인삼의 인공 재배가 성공하면서 인삼은 조선의 대표적인 무역 물품이 돼가고 있었다. 왜는 조선에서 주로 도자기, 인삼, 베, 종이 등을 들여오길 원했다. 이순은 왜로부터 은과 구리, 황을 들여오도록 장려했다. 화폐를 안정시키고, 무기의 개발과 개량을 위해서였다. 조선은 청과 왜의 중계무역의 중심지라는 확고한 위치를 잡아 나가고 있었다.

이순은 군사들을 대대적으로 총과 포로 무장시켰다. 5사 체제를 훈련도감, 어여청, 총융청, 수어청, 금위영의 5군영 체제로 완전히 바꿔 한양의 방어력을 강화했다. 북한산성을 새롭게 쌓았고, 북한산성과 한양도성 사이에 탕춘대성을 쌓았다. 한양도성도 대대적으로 손을 보았다. 강화도 방어를 튼튼히 하기 위해 김포에는 문수산성을 쌓았다. 한양 외곽의 성들도 증축하고 개축했다. 그리고 무과 합격자를 1만 8천 명으로 늘렸다. 이에 따라 평민 출신 무관이 대거 배출되었다.

안용복, 죽도와 송도를 지키다

이순 재위 당시 어부 안용복은 강원도 민본원의 민의원이었다. 안용복은 조선의 영도인 죽도(울릉도)와 송도(독도) 일대에 왜의 어부들이 불법조업을 하기 위해 출몰한다며, 이에 대해 왜에 강력하게 항의해 막아야 한다는 의견을 민본원과 조정에 여러 차례 냈다. 장길산은 이 문제를 조정에 전달했지만, 조정은 무인도에 불과한 죽도와 송도 문제로 왜와 외교적 마찰이 일어나는 것을 꺼려 적극적으로 나서지 않았다.

그러나 안용복 등의 어부에게 어장의 문제는 생존의 문제였다. 그냥 지나칠 문제가 아니었다. 안용복은 행동에 나섰다. 왜의 어선이 죽도에 정박한 것을 보고 불같이 항의했던 것이다. 그러자 왜의 어부들이 그를 납치해 오키섬으로 끌고 갔다.

안용복은 왜의 오키 도주와 호키슈 태수에게 왜의 배가 조선 땅에 와서 불법으로 조업을 하고 행패까지 부렸다고 주장했다. 안용복은 동래에서 능로군能櫓軍으로 복무할 때 왜관을 자주 드나들어 왜어에 능통했던 것이다. 이에 호키슈 태수가 에도 막부에게 편지를 보내 안용복에 대한 처분을 구했다. 막부는 괜한 일로 외교적 갈등을 일으키는 것은 옳지 않다며, 다시는 죽도 근처로 가지 않겠다는 편지를 써서 돌려보내라 했다.

그러나 대마도주는 안용복을 잡아 두고 조선 조정에 죽도가 왜의 땅이니 조선 배의 불법조업을 막아 달라는 요구를 하기 위해 사신을 보냈다. 하지만 조선 조정은 죽도가 조선의 땅임을 명확히 했다. 안용복은 2년 뒤에 비로소 조선으로 돌아왔다.

그 후 안용복은 또다시 11명의 사람들과 함께 죽도로 나가 왜의 불법조업에 항의했다. 실랑이를 벌이던 왜의 선원들이 도망가자 왜까지 쫓아가서 호키슈 태수를 만나 항의했다. 이듬해 에도 막부는 대마도주를 통해 공식적으로 자신들의 잘못을 인정하고 재발 방지를 약속했다. 안용복 일행이 쫓았던 왜의 어부들은 월경죄로 모조리 사형당했다. 조정에서는 이후 죽도 감시를 강화했다.

북방의 경계를 반드시 토문으로 정하라

이순은 나라가 안정되자 이참에 북방의 경계를 확실히 해야겠다는 생각을 했다. 세종 때 6진을 설치하는 등 북방을 안정시키려는 노력을 했으나 여전히 북방의 경계는 불확실한 상황에서 벗어나지 못하고 있었다. 이순 당시 국경이 획정되지 않았던 탓에 분쟁이 생기곤 했다.

당시 청나라는 만주 일대를 만주족의 발상지라 하여 봉금封禁 지역으로 선포했으나 국경 관리는 거의 손을 놓고 있었다. 그러다 보니 조선 사람들과 청나라 사람들이 빈번히 월경하며 충돌하는 사태가 빚어졌다. 청나라는 압록강과 두만강을 금강禁江이라 명명했는데, 이건 조선과 청의 경계를 일방적으로 압록강과 두만강으로 한다는 의미였다. 월경 문제가 갈수록 심각해져 이제는 외교적 마찰 단계로까지 악화하고 있었다.

청나라 강희제는 조선과 청의 경계를 파악하기 위해 변경 지역을 탐색하라고 지시를 내렸다. 이에 따라 백두산 남쪽

일대를 확인하려 했으나 조선군이 거부했다. 30년이 지나 청나라는 재차 시도했으나 이때도 조선은 거부했다. 이에 청나라는 이듬해 목극동을 정식으로 파견해 조선과 백두산을 공동 답사하고, 그 결과를 반영해 백두산정계비를 세우게 했다.

이순은 접반사 박권에게 청과의 협상에서 경계를 압록과 두만으로 해서는 안 되고 서는 압록, 동은 토문으로 하라 명을 내렸다. 토문강은 만주 내륙의 송화강 상류의 지류였다. 두만강 너머 만주 지역을 조선의 영토로 삼을 근거를 반드시 마련하라는 것이었다. 이순의 의도대로 정계가 되었다. 조선은 흑석구에서 두만강 발원지인 홍토수까지 목책 등 경계물을 설치했고, 조정은 이를 추인했다.

김만중, 정음 소설의 꽃을 피우다

김만중은 홀어머니에게 엄한 훈육을 받았다. 어머니는 김만중이 어려운 형편을 걱정해 보고 싶은 책을 사지 않자 회초리를 친 후 옷감을 잘라 주며 사게 했고, 직접 책을 빌려와서 교본을 만들어 주었다. 김만중은 어머니에게 정음도 배웠다.

서인에 속했던 김만중은 과거 급제 후 벼슬이 동부승지에 이르렀으나, 갑인예송 때 서인이 패배하자 파직됐다. 7년 후 복직됐지만 장희빈 일가를 비난하는 상소를 올렸다가 유배를 당했다. 기사환국 때 다시 탄핵을 당해 남해로 유배되고, 끝내 그곳에서 사망했다.

김만중은 남해로 유배 갔을 때 어머니를 내내 걱정하며 그리워했다. 『구운몽』은 그때 어머니를 그리워하며 쓴 정음 소설이다. 정음 책을 좋아했던 어머니를 위해 소설을 창작한 것이었다. 뒤이어 쓴 『사씨남정기』는 임금에 대한 원망과 함께 이순이 참회하기를 바라며 쓴 소설이었다. 『사씨남정기』

를 본 이순은 화가 나서 책을 집어던졌다고 했다. 김만중은 어머니를 기리기 위해 『윤씨행장』도 썼다.

김만중은 정음으로 쓴 작품이라야 진정한 우리의 문학이라는 생각을 갖고 있었다. 정음만이 우리의 풍부한 입말을 표현할 수 있다고 본 것이다. 김만중은 정음을 '국서國書'라 했다. 나랏말이라고 한 것이다. 정음이 그만큼 양반·평민 할 것 없이 널리 쓰이고 있었던 것이다.

또한 김만중은 정철의 「관동별곡」, 「사미인곡」, 「속미인곡」을 가장 위대한 작품이라 평했다. 정음을 사용해 수려한 표현들을 썼기 때문이었다. 그중에서도 「속미인곡」을 최고로 쳤는데, 정음 비중이 다른 가사보다 많아서였다.

김만중은 허균과 흡사한 점이 있었다. 유학자였지만 불교·도교 등에도 조예가 깊었다. 그만큼 사상이 유연했다. 『구운몽』에는 적극적이고 능동적인 여성들이 등장할 정도로 기존의 남존여비 사상과는 거리가 있었다. 『사씨남정기』는 심지어 임금에 대한 것이었다. 김만중의 기존의 질서와 금기에 얽매이지 않는 자세가 그런 정음 창작 소설을 낳았던 것이리라.

『구운몽』과 『사씨남정기』는 널리 퍼져 애독되었다. 정음을 한문으로 옮긴 번역물이 나와 양반들도 많이 이 소설들을 읽었을 정도였다. 이제 양반들 가운데에도 정음으로 가사를 쓰고, 시조를 쓰는 일이 흔해졌다. 소설의 내용을 이야기로 풀어 얘기해 주고 돈을 받는 전기수傳奇叟도 등장했다. 전기수를 하는 사람들이 많아지면서 정음을 익혀 직접 책을 구해 읽어 보려는 이들이 더 늘어났다. 세책업자가 늘었고, 방각본의 유통이 활발해졌다.

천주교 전파와 제사 파문

『정음 천주실의』와 『하나님 말씀』을 읽는 백성들이 조금씩 늘고 있었다. 동시에 천주교에 대한 관심이 높아지면서 천주교에 입문하는 이들이 서서히 늘어 갔다. 당시 민본원장 장길산은 사실상 조선의 천주교인들을 대표하고 있었다. 장길산은 북경의 천주교 성당에 연락해 조선에 선교사를 보내 달라고 요청했다.

이마두는 중국에 천주교를 전파할 때 조상에 대한 제사를 인정했다. 천주교 전파를 위해서는 그 나라의 역사와 문화, 전통에 녹아들어가야 한다는 것을 시행착오 끝에 뼈저리게 느꼈던 것이다. 그런데 1700년대에 들어 당시 교황 클레멘스 11세가 중국인 신자들에게 제사를 지내지 말라는 교령을 내렸다. 이에 따라 중국에 파견돼 있던 선교사들도 이를 받아들였고, 불똥은 곧 조선으로 옮겨붙었다.

경기도 과천에 거주하고 있던 양반 출신 천주교 신자 박종인이 조상에 대한 제사를 거부하는 일이 발생했다. 이 사실을 알고 이 지역 유림들이 박종인을 강상죄로 처벌해야 한다며 집단 상소를 올렸다. 상소는 다른 지역으로도 퍼져 나갔다. 삼사에도 박종인을 처벌하는 동시에 천주교를 금압해야 한다는 상소가 올라왔다. 자칫 천주교인에 대한 대대적인 탄압이 벌어질 판이었다.

장길산이 나섰다.

"천주님은 세상 만방의 전통을 너그럽게 품으십니다. 이마두가 중국의 복색을 하고 중국어를 익히고, 한자로 『천주실의』를 지은 것은 중국 문화와 전통을 너그럽게 품어야 한다는 천주님의 뜻을 이행한 것입니다. 천주님은 부모님이 돌아가셨을 때 슬피 울고, 하늘나라로 가기를 기도하는 것을 기쁜 마음으로 바라보고 계십니다. 기일을 잊지 않고 조상님들을 기억하고 추모하는 것을 당연하게 여기십니다. 절을 하느냐 마느냐는 부차적인 것입니다. 추모하는 진심이 중요한 것입니다. 우리 천주교인들이 제사를 지내는 것은 하나님의 뜻에 어긋나지 않습니다. 절을 하지 않고 다른 방식으로 추모의 마음을 대신하는 것도 무방합니다."

이순은 정음으로 윤음을 내렸다.

"조선의 국교가 성리학에 기초한 유교라는 사실은 달라지지 않는다. 다만 세조대왕 때의 경장 이래로 국교로서의 유교의 근간을 흔들지 않는 한 도교·불교 등에 너그럽게 대한다는 조정의 방침은 유효하다. 천주교라 해서 배척하고 금압

할 이유가 없다. 제사에서 절을 하고 안 하고는 하나의 예식으로서 조상을 모시는 진심이 달라지지 않는 한 다른 방식을 얼마든지 취할 수 있는 것이다. 천주교를 믿는 이들도 나의 백성인바, 임금이 보호해야 함은 한 치의 어긋남도 없어야 할 것이다. 향후 천주교를 믿는 백성들도 조정의 뜻을 위배하지 않도록 각별히 조심하기 바란다."

9
한글의 나라

이윤은 이금을 사랑했다

46년을 임금의 자리에 있었던 이순이 사망했다. 사망 당시에 복수가 차올라 있었다. 피를 토하더니 숨을 거뒀다. 아버지 이순에 의해 죽은 장희빈의 아들 이윤이 임금의 자리에 올랐다. 세자가 된 지 30년 만의 일이었다. 여러 차례의 환국과 모친의 사망을 지켜보며 마음의 고통이 이만저만 아니었던 이윤이었다. 비명에 간 장희빈의 아들인 데다 후사가 없어 이윤의 세자 자리를 지켜 줘야 한다는 소론과 세자를 연잉군으로 바꿔야 한다는 노론 간의 갈등도 지켜봐야 했다.

왕위 계승을 둘러싼 갈등이 심해지자, 이순이 생전에 노론의 영수인 좌의정 이이명을 불러 후계 문제를 의논했다. 이를 '정유독대'라 했는데, 이것도 큰 논란거리가 됐다. 사관의 배석 없이 임금이 신하와 독대하는 것은 관례상 불법이었던 것이다. 이 때문에 이윤이 즉위한 후, 큰 정쟁의 불씨가 되었다.

정유독대 후에 건강이 좋지 않은 이순을 대신해 이윤이 대리청정하기로 결정이 났다. 이윤은 살얼음판을 걷듯이 조심해야 했다. 조금의 실수라도 있으면 노론이 세자를 교체하라고 강하게 주청할 것이었다. 처벌에 대한 상소는 아예 피해 버렸다. 물에 물 탄 듯, 술에 술 탄 듯할 수밖에 없었던 것이다.

왕위에 올랐지만 조정 내 절대 다수파인 노론은 여전히 냉담했다. 건강도 안 좋았다. 노론은 이윤을 압박해 장희빈의 추숭追崇을 청한 유생 조중우를 처형하게 하고, 이윤이 숙종의 행장에 장희빈의 죄를 명백히 저술해야 한다고 주장한 성균관장 윤지술을 유배하려 하자 이를 막았다. 이윤을 대놓고 모욕한 것이었다. 노론은 이윤이 대를 이을 아들이 없음을 들어 연잉군 이금의 왕세제 책봉을 끌어냈다. 이때에도 대비의 힘을 빌려 밀어붙이는 방식을 썼다. 소론을 논의에서 완전히 배제한 채였다.

심지어 노론 강경파인 조성복은 왕세제의 대리청정까지 주장하고 나섰다. 이윤이 이를 받아들이자, 이 일로 조태억 등 소론 강경파가 노론을 탄핵하는 상소를 올리면서 상황이 심상치 않게 돌아갔다. 이윤은 두 차례나 연잉군에게 대리청정을 허락한다는 명을 내렸다. 그러자 소론이었던 우의정 조태구가 대리청정은 불가하다며 눈물로써 말렸다. 이윤은 대리청정의 명을 거두었다. 이번에는 김일경이 중심이 되어 소론이 노론을 탄핵하는 상소를 올렸다. 이윤은 이 상소를 받아들여 일거에 다수의 노론 대신들을 내쳤다. 이것이 신축환국이다.

문제는 여기서 그치지 않았다. 이듬해에는 피바람이 불었다. 궁차사 목호룡이 노론 세력이 임금을 살해하고 왕실 후손인 이이명을 옹립하려 한다는 고변을 해 큰 옥사가 일어난 것이다. 이것이 임인옥사로, 노론의 4대신이었던 이이명, 김창집, 조태채, 이건명이 유배지에서 사사됐다. 죽은 자가 60여 명, 유배된 자가 100여 명에 이르렀다.

연잉군 이금도 이 모반에 관여했다는 증언이 나왔다. 연잉군의 처조카 서덕수가 모반에 가담했고, 서덕수의 추대 제의를 연잉군이 거절하지 않았다는 증언이 나온 것이었다.

그러나 이윤은 연잉군을 죽이지 않았다. 이윤은 연잉군을 동생으로 사랑했다. 김일경 등이 환관 박상검 등을 이용해 왕세제를 제거하려 했을 때에도 이를 막아냈다. 이윤 독살 미수 사건 때 김씨 성을 가진 궁녀가 거명됐지만 이윤은 "김씨 성을 가진 궁녀가 한둘이냐"며 조사를 중지시켰다. 혹시 연잉군의 이름이 나올 것을 우려했던 것이다.

이윤이 왕위에 오른 지 4년 만에 병으로 죽자, 연잉군이 그 뒤를 이었다. 세자가 아닌 세제로서 처음 임금에 오른 것이었다. 이때 독살설이 파다했다. 병으로 이윤이 누웠을 때 당시 나쁜 음식 궁합이라 여겼던 게장과 감을 함께 올려 먹게

한 것, 어의 이공윤의 반대에도 불구하고 인삼과 부자를 처방하게 한 것 때문이었다. 이 독살설로 이금은 재위 기간 내내 몹시 시달렸다. 이금도 이윤을 형으로 사랑했다. 그러나 사랑보다는 살아야 한다는 본능이 훨씬 더 간절했다.

이금이 즉위하던 해 장길산이 사망했다. 경상 민본원장 정민혁이 장길산의 뒤를 이었다.

정미환국과 이인좌의 난

이금이 즉위하자 노론 유생 이의연이 신임환국의 주동자인 소론을 색출하라는 상소를 올렸다. 이금은 이의연의 죄를 물으라는 소론의 요구를 마지못해 받아들여 유배를 보냈다. 곧이어 소론의 거두 김일경을 탄핵하는 상소가 올라오자, 이금은 형평성을 내세워 김일경의 죄를 물어 처단했다. 김일경은 참수됐고 목호룡은 장살당했다.

소론이 실각하고 노론이 다시 중심에 섰다. 이금은 노론 4대신을 전원 신원했다. 노론은 다시 정권을 잡자, 소론을 다 잡아들여 처형할 것을 주장했다. 그러나 즉위 전부터 탕평책을 구상했던 이금은 그럴 생각이 없었다. 이금은 노론 강경파를 밀어내고 노론 탕평파를 중용했다. 그래도 노론 강경파의 기세가 꺾이지 않자, 소론 중 강경파가 아닌 탕평파를 대거 조정으로 불러들였다. 정미환국이었다.

그러자 정권에서 완전히 소외된 소론 강경파가 난을 일으켰다. 이인좌의 난이었다. 경종 독살설을 반란의 명분으로 내

세웠다. 반란군이 청주를 점령하고 경기도로 진군하며 기세를 올렸으나 이금은 소론 탕평파인 오명항을 4도 도순무사 겸 판의금부사로 임명하고 토벌군을 꾸려 진압하도록 했다. 이후 소론 탕평파와 노론 탕평파는 이금을 왕세제로 세우고 대리청정을 요구한 것은 충忠이고, 임인옥사는 역이라 합의하며 손을 잡았다. 이금의 탕평책의 기반이 마련된 것이었다. 노론 탕평파가 소론 탕평파에 대해 우위를 확보했다. 이에 노론 강경파는 사직을 하고 지방으로 내려가 서원을 짓고 제자들을 기르는 길을 택했다. 소론 강경파는 여러 차례 반역을 도모했지만 실패했다. 결국 소론 강경파는 나주 괘서 사건으로 몰락했다. 유배 가 있던 소론 강경파 윤지가 불만 세력을 규합하고 나주목사 등과 거사를 일으키려 나주 객사에 이금을 비방하는 괘서를 붙인 사건이었다. 거사를 일으키기 전에 발각되면서 윤지를 비롯한 주모자들이 모두 사형당했다.

얼마 안 있어 심정연을 비롯한 소론 강경파의 자제들이 과거시험에서 이금을 비방하는 답안지를 내 또 한 차례 피바람이 불었다. 그 결과 노론 탕평파가 완전한 우위를 확보했다. 이금은 주요 자리에 각 붕당 인사를 분산 배치하는 쌍거호대雙擧互對의 탕평책으로 당쟁을 제거하려 했다.

그러나 당쟁이 사라진 틈을 척신과 세도 정치가 차지하게 되는 부작용이 예비되고 있었다. 이금은 노론이며 외척인 풍산 홍씨들을 중용했다. 그 중심에 홍봉한이 있었다.

스페인·포르투갈과의 통상

네덜란드 상인들을 통해 구라파에 조선이 알려지기 시작했다. 당시 식민지 개척에 열심이었던 스페인과 포르투갈도 '꼬레'로 알려져 있던 조선에 대해 관심을 가졌다. 네덜란드 상인들은 스페인·포르투갈 상인들에게 조선의 문명 수준이 높고 군사력도 만만치 않아 함포를 동원한 강제 통상 요구는 적절치 않다는 조언을 했다. 조선이 통상에 대해 개방적인 입장을 견지하고 있으니만큼 우호적으로 통상을 개척하는 것이 옳다는 것이었다.

당시 구라파에서는 중국 도자기가 인기를 끌고 있었다. 도자기를 '차이나'라고 부를 정도로 중국 하면 도자기였다. 당시 구라파는 도자기 기술을 갖고 있지 않았다. 구라파의 귀족들과 고위층은 청나라에서 들여오는 청화백자에 흠뻑 빠져 있었다. 스페인과 포르투갈 상인들은 네덜란드 상인들로부터 조선의 백자는 중국의 백자에 비해 품질이 떨어지지 않을 뿐만 아니라 가격도 싸다는 정보를 듣고 귀가 솔깃해진 참이었다. 조선에는 분청사기라는 것이 있어 독특한 멋을 자아낸다는 것에도 호기심을 보였다.

먼저 포르투갈 상선이 도착해 조선과 통상을 열었다. 이듬해에는 스페인 상선이 도착했다. 두 나라는 네덜란드와 같이 제물포에 각 나라의 상관을 설치했다. 조선에서는 준비하는 대로 포르투갈과 스페인에 대표단을 파견하기로 했다. 바야흐로 조선이 동서양 무역의 중심지, 중계지로 떠오르고 있었다.

'칭제건원'을 둘러싼 갈등과 파국

이금의 나이 42세 때 이훤이 태어났다. 이훤의 생모인 후궁 영빈 이씨의 나이도 40세였다. 이훤 이전에 효장세자 이행이 있었으나 어린 나이에 요절하고 말았다. 이행이 죽은 후 7년 만에 어렵게 얻은 아들이었다. 이금의 기쁨은 이루 말할 수 없었다. 이금은 바로 이훤을 정실 왕비의 양자로 입적해 원자로 정한 데 이어, 돌이 지나자 바로 왕세자로 책봉했다. 이금은 이훤이 읽을 책을 손수 필사할 정도로 지극정성이었다. 이훤은 세 살 때부터 글을 막힘 없이 읽을 정도로 총명해서 이금의 기대는 날로 높아졌다.

그런데 이금의 이훤에 대한 기대는 도가 지나쳐 이훤이 네 살 됐을 때부터 과하게 혼내는 일이 잦아졌고, 갈수록 정도가 심해졌다. 신하들 앞에서 꾸중하는 경우도 잦았다. 이러다 보니 자연히 이훤은 아버지 이금을 두려워하고 멀리하기 시작했다. 이훤은 아버지에 대한 문안 인사도 건강이 나쁘다는 핑계로 피하기 일쑤였다. 이훤에게 심각한 조울증이 생겼다.

이금은 나이가 들어 감에 따라 더는 임금 자리에 대한 욕심이 없다는 것을 드러내는 동시에 신하들의 당쟁을 억제하기 위해 여러 번 선위의 뜻을 밝혔다. 그러나 이것이 이훤을 더욱 괴롭게 했다. 선위의 뜻을 드러낼 때마다 이훤은 혼절할 정도로 울부짖으며 석고대죄를 해야 했다. 이훤이 열다섯 살 때 이금이 두 번째로 선위의 뜻을 밝혔다. 한바탕 난리 끝에 이훤이 대리청정하게 됐다. 그러나 말이 대리청정이지 영조의 간섭과 꾸지람은 끝이 없었다. 대신들이 세자 대하는 것이 가혹하다며 만류하기도 했으나 소용이 없었다. 이훤이 차라리 죽어 버리겠다며 자살 소동을 벌일 정도로 상황이 나빠졌다.

이런 가운데 이훤은 민본원장 정민혁과 교류를 하고 있었다. 이훤은 정민혁에게 장백호가 이태리 교황청에 갔던 이야기, 장길산이 하멜을 데리고 네덜란드에 갔던 이야기를 듣는 것을 너무나 좋아했다.

당시 민본원장 정민혁은 이런 얘기를 했다.

"저하, 구라파의 상인들이 하는 말이 있습니다. 청나라와 왜 모두 황제를 칭하고 각각의 연호를 쓰는데 왜 조선은 그렇지 않은가. 조선의 문명과 문화 수준이 그들 나라에 뒤떨어지지 않고, 예전 중국에 대한 사대도 진즉에 끝났다는데 왜 칭제건원하지 않는 것인가. 현실에 어긋나는 것이 아닌

가. 구라파 사람들이 자칫 오해하면 조선이 청나라와 왜의 속국이라 여기지 않겠는가. 이런 말을 하고 있습니다."

"구라파 사람들이 그런 말을 한단 말이지요?"

"저하, 우리가 사대를 끝낸 지 오래지만 여전히 조선 사람들의 의식 속에 잠재해 영향을 미치고 있습니다. 그 근본은 한자에 있습니다. 문자가 의식을 지배하는 것입니다. 이제 양반이고 평민이고 많은 이들이 우리글인 정음을 사용하고 있습니다. 칭제건원을 선포하고 정음을 조선의 글자로 선포한다면 조선은 명실상부한 자주의 나라가 될 것입니다."

이훤은 이 말에 크게 감명받았다.

이금은 이훤이 정민혁을 자주 만난다는 말을 듣고 이훤을 불렀다. 이훤은 떨리는 몸을 달래면서 이금에게 갔다.

"요즘 정민혁과 자주 만난다고 들었다."

"그러하옵니다. 여러 좋은 얘기를 듣고 있습니다."

"좋은 얘기라, 그래 어떤 얘기더냐?"

"우리와 통상하는 구라파 사람들이 왜 조선은 청·왜와 달리 칭제건원하지 않는 것이냐는 말을 한다고 합니다. 그렇다 보니 여전히 조선이 청나라에 사대하는 것이 아니냐는 오해를 불러일으킨다 합니다. 저는 이제 조선도 칭제건원할 때가 되었다고 생각합니다. 칭제건원과 동시에 우리 문자인 정음을 조선의 글자로 선포한다면 조선은 명실상부하게 청과 어깨를 나란히 하게 될 것입니다. 조선에 좋은 일이라 생각하옵니다."

이 말을 듣자 이금의 얼굴이 붉으락푸르락해졌다.

"세자, 이놈이 미치지 않았느냐! 뭐라. 칭제건원하고 정음을 조선의 글자로 선포하라고? 이놈아, 유생들이 들고 일어날 것이 뻔할 줄 모르더냐. 정음을 조선의 글자로 선포했을 때 어떤 일이 벌어질지 네 머리통에는 그려지지 않더냐. 그러면 그나마 남아 있는 양반·평민의 신분 질서조차 무너지는 것이다. 신분 질서가 무너지면 조정도 무너지는 것이다. 임금의 자리가 사라지는 것이다. 네놈이 임금이 못 될 거란 말이다. 민본원 작자들이 그런 흉심을 갖고 말한다는 걸 너는 정녕 몰랐다는 것이냐!"

"아바마마, 조선의 임금이 황제가 되는 것이옵니다. 마다할 이유가 없다고 생각하옵니다. 정음은 이미 양반·평민 할 것 없이 다 사용하고 있습니다. 이런 상황에서 양반사대부들이 우리 글자는 한자입네 한다 한들 언제까지 그것이 유지될 수 있겠습니까. 전쟁이 빈발하면서 공명첩을 남발해 양반의 숫자가 많이 늘었습니다. 만일 지식을 쌓고 부를 쌓는 평민이 늘어나고 이들이 공공연하게 공명첩을 사들여 양반의 숫자가 백성의 3분의 1을 넘고, 더 나아가 반을 넘게 된다면 지금의 신분이 유지되기는 난망할 것입니다. 그러면 새로운 질서가 생겨날 것입니다. 지금의 질서를 고수한다고 해서 고수할 수가 없을 것입니다. 칭제건원하고 정음을 나라의 글자로 선포한다는 것은 조정이 미래에 미리 대처하는 일이라 생각하옵니다."

"이놈이 단단히 미쳤구나. 종묘사직을 결딴낼 놈이다. 위험한 놈이다. 이 일을 어찌할꼬. 이놈을 어찌 할꼬. 썩 꺼져라!"

이날 이후 이금은 이훤의 문안인사까지 금했다. 아들 이훤을 마치 벌레 대하듯 했다. 이훤은 몸과 마음의 병으로 시름시름 앓는 일이 잦아졌다. 아버지에 대한 이훤의 원망과 분노는 날로 악화했다. 이훤은 미쳐 가고 있었다. 대낮에 내관과 중들을 죽이거나 궁녀들을 겁탈하고, 자신의 후궁인 경빈 박씨를 때려죽이는 일까지 벌어졌다. 아버지 이금과 친모 영빈 이씨를 죽이겠다는 말을 입 밖으로 낼 정도였다. 이금은 속으로 다짐했다.

'저놈이 임금이 되면 종묘사직이 보전되지 않겠구나. 종묘사직이 무너지는 것을 방임할 수는 없는 노릇. 왕위는 세손이 이으면 된다. 저놈을 놔두면 세손까지 위험해진다. 죄를 물어 사약을 내리거나 참하면 세손이 죄인의 자식이 되니 아니된다. 세자 이놈을 반드시 내 손으로 죽여야 한다.'

이금은 1762년 느닷없이 이훤을 폐서인한 뒤 뒤주에 8일간 가둬 굶겨 죽였다. 이훤이 살려 달라 호소하고, 신하들이 말렸지만 돌이킬 수 없었다. 이훤의 스승 임덕제가 직접 세손을 업고 와 세손과 함께 이훤을 살려 달라 울부짖었지만 이금은 막무가내였다.

이훤이 죽자 이금은 바로 이훤을 복권시키고 '사도'라는 시호를 내렸다. 그리고 세손 이산을 죽은 효장세자의 아들로 입적시켰다. 폐서인이 된 죄인의 아들이라는 오명을 씌우지 않기 위해, 그리고 왕위 계승의 정통성 논란을 없애기 위한 조치였다.

이산의 대리청정

이금은 말년을 세손 이산을 보호하고 안정적으로 왕위를 물려주는 일에 진력했다. 당시 척신으로는 이산의 어머니 혜경궁 홍씨의 가문인 풍산 홍씨들과 이금의 나이 어린 계비인 예순대비 김씨의 가문인 경주 김씨들이 있었다. 풍산 홍씨를 대표하는 사람은 혜경궁 홍씨의 아버지 홍봉한이었고, 경주 김씨를 대표하는 사람은 예순대비의 오빠 김귀주였다.

심환지·김종수를 비롯한 젊은 노론들이 청명당을 이뤄 척신 정치를 청산해야 한다고 목소리를 높였다. 그들은 김귀주와 손을 잡았다. 풍산 홍씨 가문은 이훤의 사망 때 이를 막는 데 소극적이어서 이산의 감정이 좋지 않았던 까닭에 매우 불안해했다. 이에 풍산 홍씨 가문은 이훤의 서자들인 은언군·은신군·은전군에 연줄을 대고 있었다. 이에 청명당은 홍봉한이 세손 대신 은신군을 왕으로 옹립하려 한다며 공격을 가했다. 이 일로 은언군과 은신군은 제주로 귀양 가고 홍봉한은 삭탈관직된 후 유배됐다가 혐의 없다 하여 풀려났다.

이 일로 홍봉한과 김귀주 세력 간의 갈등이 커졌다. 이런 가운데 성균관 대사성을 노론 일색으로 천거한 '청명당 사건'이 일어났다. 이금은 청명당이 당파를 조장하고 탕평에 어긋나는 자들이라며 청명당의 핵심 인물들을 모두 귀양 보냈다. 위기감을 느낀 김귀주가 홍봉한을 탄핵하는 상소를 올리자, 이금은 김귀주 등도 유배를 보냈다.

이금은 건강이 악화하자 세손에게 대리청정을 하라 했다. 그러자 새로운 실세로 떠오른 홍봉한의 동생 홍인한이 반대하고 나섰다. 그러나 예순대비가 세손을 지원하고, 홍국영 등 세손 측근들이 홍인한을 탄핵해 이산이 대리청정을 시작하게 됐다.

이금의 마지막 토로

날로 이금의 건강이 악화됐다. 이금은 살 날이 머지않았음을 느끼고 세손 이산을 불렀다. 이금은 이산을 보자마자 눈물이 핑 돌았다. 눈물이 어리고 충혈된 할아버지의 눈을 보고 이산은 놀라지 않을 수 없었다. 그동안 한 번도 보지 못한 모습이었던 것이다.

"산아, 이리 가까이 오너라."

"할바마마의 옥루玉漏를 대하니 제 마음이 무겁습니다."

"산아, 이 할애비가 많이 미웠더냐?"

순간 이산의 눈에서 닭똥 같은 눈물이 뚝뚝 떨어졌다. 이금의 수척해지고 약해진 모습, 아버지 이훤에 대한 생각이 한꺼번에 어우러진 까닭이었다. 금세 이산의 눈에서도 눈물이 뚝뚝 떨어졌다.

"많이 미웠습니다. 그리고 두려웠습니다. 그러나 할바마마의 마음을 잘 알기에 우러르는 마음 또한 내내 놓치지 않았습니다."

"산아, 이 할애비는 내내 두려움 속에 살아왔다. 신하들에 대한 두려움, 백성들에 대한 대한 두려움, 임금 노릇을 제대로 못할지도 모른다는 두려움이었다.

이 할애비는 항상 정통성 시비에 시달렸다. 너의 증조모가 무수리 출신이었고, 내가 세자가 아닌 왕세제로 임금이 된 까닭이었다. 나는 자칫 역모에 연루돼 죽을 뻔한 상황을 맞기도 했다. 할애비와 할애비의 황형皇兄인 경종대왕은 우애가 깊었다. 황형도 나를 어여삐 여겼고, 나도 황형을 마음에 우러르며 좋아했다. 그러나 당쟁은 이런 형제의 마음을 갈가리 찢어놓았고 나는 선왕을 독살했다는 설에 시달려야 했다. 이인좌의 난이 일어나 종묘사직이 파탄날 뻔하기도 했다. 삐끗하면 끝장날 수 있었다. 항상 살얼음판을 걷는 기분이었다.

내가 진짜 두려워한 것은 신하들이 아니었다. 더 두려웠던 것은 백성들이었다. 그리고 민본원이었다. 지금의 백성은 옛날의 백성이 아니다. 정음을 익히고 정음으로 된 책들을 탐독해 많이 배운 데다 이제 양반들보다 잘사는 평민들도 부지기수다. 게다가 갈수록 양반의 수가 많아지고 있다. 양반이 양반일 수 있는 것은 그 수가 적고, 수가 적은 그들이 학식을 독점하고 부를 독점해 왔기 때문이다. 그런데 이 모든 것이 무너지고 있다. 그러면 신분은 유지되지 못한다. 신분이 유지되지 못하면 그 정점인 조정도 유지되지 못한다. 종묘사직을 보전할 수가 없는 것이다. 나는 이 사실이 너무나 무서웠다. 내가 조선의 마지막 임금이 될 수도 있다는 공포에 떨어야 했다. 이리되면 내가 무슨 낯으로 성조들을 뵐 수가 있겠느냐.

그래서 할애비는 결심했다. 임금 노릇을 제대로 하려면 신하들보다 학식이 뛰어나 경연에서 밀리지 않아야 하며, 정치에 능해야 하리라. 업신여김을 당할 틈을 주지 말아야 한다 생각했다. 그래서 촌음을 아껴 익히고 열심히 나라를 다스리려 했다. 이 할애비는 왕세제가 된 이래로 하루에 네 시간 이상을 잔 적이 없었다. 할애비가 때를 거르지 않으며 채식을 즐기고 소식小食을 한 것도, 틈나면 말타기와 활쏘기를 한 것도 건강해서 지쳐 쓰러지지 않기 위함이었다.

나는 네 아비를 사랑했다. 내 나이 마흔을 넘어 훤이를 얻었다. 내게 유일하게 남은 외아들인데 얼마나 귀히 여겼겠느냐. 나는 늘 네 아비가 이 할애비를 뛰어넘기를 소망했다. 내가 더 늙기 전에 그런 모습을 보길 원했다. 그런데 어느 때부터 네 아비가 학업을 소홀히 하며 이 할애비의 기대를 무너뜨렸다. 그대로 놔둘 수가 없었다. 그래서 질책하고 또 질책했다. 어느 순간부터 이 할애비가 도가 지나치게 네 아비를 대한다는 것을 느꼈다. 그러나 멈출 수가 없었다. 여기서 멈추면 죽도 밥도 아니 된다 보았다. 나도 안다. 이 할애비의 과도한 집착이 네 아비의 광증을 일으켰다는 것을.

네 아비는 이 할애비에게 칭제건원할 것을 주장했다. 그리고 정음을 나라의 글자로 선포하자고 했다. 민본원 정민혁과 의기투합하고 있다 했다. 그 말이 이 할애비의 두려움을 자극했다. 내 귀에는 네 아비가 종묘사직을 더 유지하는 것은 불가능하니 이제 끝내자는 말로 들렸다. 네 아비가 나의 두려움을 꿰뚫어보고 일부러 들쑤시는 것 같았다. 네 아비의 말대로 하면 조정은 건잡을 수 없는 풍파에 휘말리게 될 것이고 팔도는 백성들의 아우성으로 들끓을 것이라 생각했다. 조정은 이 풍파를 헤쳐 나갈 힘이 없다. 조정이 무너지고 네 아비도 너도 사라지게 될 거라는 생각에 벌벌 떨어야 했다. 내 손으로 훤이를 죽여야 했다. 내가 세상에 둘도 없는 악귀가 되어야 했다. 그래야 산이 너에게 임금의 기회가 갈 수 있다 생각을 했다.

산아, 할애비는 이런 속마음을 누구에게도 비치지 못했다. 네 아비 이훤이 임금의 자리에 오르기 전에 이 마음을 다 전하려 했다. 그러나 훤은 내 손에 죽었고, 훤의 아들로 임금의 자리에 오를 너에게 이제 이 할애비의 마음을 토로하는 것이다. 이 할애비가 네 아비에게 바랐던 것을 산이 네가 충족하고 있으니 다행이 아닐 수 없다. 내 죽어 저세상에서 훤을 만나면 못다한 나의 속마음을 전할 것이다.

산아, 나도 오래전부터 깨달은 바 지금의 조선을 계속 유지하기는 어려울 것이다. 사실 네 아비 주장이 그르지 않다.

다만 내가 그 독배를 받아들기가 싫었다. 이 할애비가 비겁하다 욕을 해도 어쩔 수가 없다.

산아, 이제 네가 임금이 돼 판단하거라. 할애비가 염원했듯이 지금의 조선을 유지할 것인지, 아니면 네 아비가 바랬듯이 새로운 조선의 길로 갈 것인지. 네가 어떤 판단을 하든 이 할애비는 하늘나라에서 너를 흐뭇한 마음으로 지켜보며 응원할 것이다.

이 할애비의 덧없는 변명으로 들릴지 모르나 이 말만은 반드시 하고 싶었다. 나는 훤이를 사랑했고, 훤의 아들이지 나의 손자인 너 산이를 사랑했다. 또 그만큼 이 나라 조선을 사랑했다."

이산은 내내 고개를 들지 못하고 울었다. 그러나 이산의 할아버지에 대한 원망은 눈물과 함께 사라질 수 있는 것이 아니었다.

이산의 위기 돌파

이금이 83세의 나이로 사망했다. 이산이 25세의 나이로 임금에 올랐다. 이산은 할아버지 이금에 대해 경외하는 마음이 있었으나, 그렇다고 원망하는 마음이 없지 않았다. 이산이 이금에게 아버지를 살려 달라 울며 빌었을 때 이금은 이산을 데리고 온 임덕제에게 말했다.

"세손까지 뒤주에 들어가길 바라느냐! 어서 데리고 나가라!"

이 말을 들은 이산은 무서워서 부들부들 떨었다. 이산에게 할아버지 이금의 모습은 악귀처럼 보였다.

이훤이 폐서인돼 죽었을 때 어머니 혜경궁 홍씨와 이산도 폐서인되어 외할아버지 홍봉한의 집으로 가 있었다. 그러다 효장세자의 양자로 입적돼 궁으로 들어가면서 어머니와 생이별을 해야 했다. 아버지의 상중이었지만 상복도 입지 못하게 했다. 아버지의 상을 치르지도 못하고 어머니와 생이별을 하자, 이산은 슬픔이 복받쳐 오열을 했다.

이금은 학업에 소홀함이 없고 주색잡기를 멀리하며 절제된 생활을 하는 이산을 극진히도 총애했다. 그러나 이산은 언제나 가슴속 한켠이 뻥 뚫려 있다는 느낌을 갖고 살았다. 이산은 효종이 묻혔다가 이장한 자리에 이금의 묘를 썼다. 파묘 자리에 이금의 시신을 묻은 것이었다. 당시의 상식으로는 납득되지 않는 일이었다. 이금에 대한 이산의 가슴속 앙금이 풀리지 않았던 것이다.

이산은 즉위 일성으로 "과인은 사도세자의 아들이다. 선대 왕께서 종통의 중요성을 위해 나에게 효장세지를 이어받도록 만드셨다" 말했다. 이 말은 공식적으로 자신은 효장세자의 후계자임을 말하는 것이었으나, 듣는 사람들에게는 아버지 이훤을 신원하고 죽음에 책임을 묻겠다는 선언으로 받아들여졌다. 자신의 정통성에 이의를 달지 못하게 해 임금의 권위를 세우겠다는 통첩으로 들렸다.

이산은 곧바로 자신의 대리청정을 끈질기게 반대했던 홍인한과 정후겸, 홍계희를 척결했다. 이산이 책을 읽고 있던 존현각에 자객을 침투시켜 암살하려 했던 정유역변을 계기로 역변을 주도한 홍계능, 홍상길, 홍신해, 홍이해 등 풍산홍씨를 대대적으로 숙청했다. 이 여파로 이산의 이복동생 은전군이 사사됐다. 이후 김귀주를 유배 보냈고 이산의 측근과 외척임을 내세워 세도정치를 일삼으며 발호하고 있던 홍국영도 내쳤다. 그리고 이유백 등의 모반 사건, 홍국영이 추천했던 송덕상을 삭탈관작할 때 일었던 호서 유생들의 반발 등을 해결했다. 이후에도 모반 사건이 여러 건 일어났지만 잘 마무리지었다. 이산의 마지막 남은 이복동생 은언군도 유배형에 처해졌다.

이산은 여러 차례 모반과 자신에 대한 암살 위협을 겪으면서 자신을 호위할 군사의 필요성을 느꼈다. 당시 군영은 당파들이 장악하고 있었기 때문에 미덥지가 않았다. 이산은 사도세자를 장헌세자로 존호를 올린 일을 축하한다는 명목으로 경과慶科를 실시해 무과에서 무려 2천 명을 뽑았고, 이듬해에는 자신의 친위부대인 장용영을 설치했다.

정민혁은 칭제건원과 정음의 나라글자 선포가 실현되는 걸 보지 못하고 사망했다. 그 뒤를 충청 민본원장 이열이 이었다. 이열은 누구보다 정민혁의 뜻을 잘 알고 있어 그의 계승자로 가장 적합한 인물로 알려져 있었다.

'아버지의 참된 추숭은 칭제건원을 하는 것이다.'

이산은 자신의 재위 때 아버지 이훤의 추숭은 현실적으로 불가능하는 판단을 했다. 추숭은 이훤을 왕으로 올리는 것인데, 그렇게 하면 아버지에게는 효도하는 것이나 선왕인 할아버지에게는 불효하는 게 되는 것이었다. 이산은 아버지의 존호를 올리고 양주 배봉산에 있던 묘의 명칭을 수은묘에서 영우원으로 격상했다가 수원으로 옮기면서 현릉원으로 고쳤다. 현릉원은 수원부의 읍치邑治에 조성돼 그곳에 살던 사람들을 수원 팔달산 아래로 이주시켰다. 수원부로 불리던 고을 이름은 화성으로 고쳐 부르게 했다. 그리고 수원 화성을 쌓고 행궁을 짓게 했다.

이산은 아버지 이훤이 뒤주에 갇혀 죽은 직접적 원인이 칭제건원 건이었음을 할아버지 영조로부터 들어 알았다. 그리고 칭제건원을 할 것인지 안 할 것인지는 이산이 임금이 된 후 알아서 판단하라는 말을 들었다. 이산은 아버지에 대한 참된 추숭은 칭제건원을 하는 것이라 생각했다. 이산은 먼저 이열과 이 문제를 논의하기로 했다. 이열을 만나는 일이 잦아졌다. 이산은 칭제건원과 정음의 나라글자 선포가 필요하다는 것에 이열과 뜻을 맞췄다.

그러기 위해서는 조정 내에서 이산의 뜻을 따라줄 세력이 있어야 했다. 이산은 기호남인으로 남인의 영수였던 우의정 채제공을 떠올렸다. 당시 남인 세력의 유망주로 떠오른 이가 형조판서 이가환, 수찬 정약용이었다. 그들은 천주교와 서학에 너그러웠고, 구라파 문물에 대한 관심이 높았으며, 개혁의 욕구가 충만했다. 이산은 우의정 채제공을 좌의정으로 올리고 영의정을 공석으로 두었다. 사실상 채제공이 영의정과 좌의정을 겸임한 것과 같았다. 사람들은 이런 채제공을 독상獨相이라고 불렀다.

이산은 채제공을 비롯한 남인 세력을 정권의 핵심으로 세우면서 칭제건원을 추진하려 했던 것이다. 이산과 남인,

민본원이 손을 잡은 형국이었다. 이산은 남인을 칭제건원 추진 세력으로 세운 후 조정 내에서 이에 대해 본격적인 의논을 해줄 것을 주문했다. 거대한 반대의 먹구름이 몰려오고 있었다.

칭제건원 반대와 영남만인소

조정 내에서 칭제건원에 대한 논의가 일자, 노론과 소론이 모두 극렬하게 반대하고 나섰다. 이산의 다섯 신하로 불렸던 채제공, 김종수, 심환지, 정민시, 서명선 가운데 채제공 외에는 모두 반대 의견이었다. 정음을 나라글자로 선포한다는 것에 대한 반대는 더 극렬했다. 결국은 조선의 신분 질서를 깨뜨리고 나라의 근본을 무너뜨린다는 것이었다. 영남 지역의 남인들도 격렬히 반대했다. 영남 남인을 중심으로 양반사대부 1만여 명이 연명으로 칭제건원에 반대하는 만인소를 올렸다.

이산은 여기에서 밀리면 자신이 폐위될 수 있다는 것을 잘 알고 있었다. 조선의 명운과 자신의 운명이 칭제건원의 성사 여부에 달려 있었다. 이산은 이 문제는 설득이 아니라 강하게 밀고 나가는 수밖에 없다고 판단했다. 이산은 긴급 교지를 내렸다.

'너희들은 몇 해 전까지만 해도 청나라를 세운 여진족을 오랑캐라 부르며 조선을 소중화로 자처했다. 그랬던 너희들이 중화와 사대를 내세우며 칭제건원을 반대하는 이유가 무엇이냐? 중화라 여길 문명이 어디 있으며, 사대할 나라가 어디에 있단 말이냐. 효종대왕 때 북벌론이 있었다. 너희들의 말대로라면 효종대왕도 사대의 의리를 저버리고 흉심을 품었단 말이냐?

왜조차도 자신들의 왕을 천황이라 부르고 있다. 구라파 나라들과의 교류와 통상이 늘어감에 그 나라들이 왜 청과 왜는 황제라는 칭호를 쓰고 독자적인 연호를 사용하는데 조선은 그러하지 아니한가 묻고 있다. 심지어 청과 왜는 조선이 자신들의 속국이기 때문에 왕이라는 명칭을 쓴다는 참담하고 왜곡된 말까지 하고 있다.

청과 조선은 군신 관계가 아니고 동등한 형제지국이다. 형제지국이거늘 군신 관계에서 사대한다는 것은 근본적으로 성립되지 않는 것이다. 조공이 사라진 지 오래고 모화관과 영은문을 폐한 지도 오래다. 왜와의 관계는 말할 것도 없다.

고려를 세우면서 태조는 '천수'라는 연호를 사용하며 칭제건원을 한 사실이 있었다. 정종 때도 '광덕'이라는 연호를 사용했고, 광종 때는 '준풍'이라는 연호를 사용한 일이 있었다. 고려 말 이전에 고려 사람들은 고려를 여진족의 제후 나라를 거느린 천자국이라 여겼다. 당시에 여진 부족들이 고려 국왕을 천자로 여겨 표表를 올렸다는 기록이 있다. 금나라는 건국 초기 고려에 보내는 서신에서 고려 국왕을 황제로 칭하기도 했다. 이렇듯 역사적 선례가 있고, 지금 조선은 칭제건원을 하기에 전혀 부족함이 없다.

너희들은 여전히 한자를 진서라 부르며 마치 유일무이한 글자인 것처럼 여기고 있다. 그러나 정음은 세종대왕께서 창제하고 반포한 이래 수많은 백성들이 쓰고 있다. 이미 조정에서도 한자와 정음을 병행해 사용하고 있음을 잘 알 것이다. 많은 양반사대부들도 이미 정음을 사용하고 있다는 것을 알고 있지 않느냐. 정음이 왕실과 양반, 평민 여성들의 글자가 된 지 오래라 양반이라도 어머니나 여자 형제와 간찰을 주고받을 때 정음을 쓰고 있다는 것은 공지의 사실이다. 과인도 혜경궁께 간찰을 쓸 때 정음으로 쓰고 있다. 그럼에도 불구하고 한자가 진서라며 정음을 나라의 글자로 선포하는 것을 막으려는 것은 위선의 극치다. 정음을 만들고 널리 쓰이도록 했던 성조들에 대한 모독이다.

세상 모든 일은 시의에 맞게 변통하고, 변통을 위해 끊임없이 경장해야 하는 것이다. 이것이 조선의 역사였다. 지금 조선은 독립된 자주의 나라로 칭제건원해야 할 때다. 그리고 정음을 나라의 글자 반열에 올려놓아야 할 때다. 정음을 나라의 글자로 삼는다 해서 너희들의 한자 사용을 막는 것이 아니지 않느냐.

너희들의 반대하는 마음이 역심이 아니라 과인에 대한

충심에서 비롯된 것임을 내 잘 알고 있다. 그러나 이를 넘어 너희들이 반발한다면 나는 이를 충심이 아니라 역심으로 볼 수밖에 없다. 오늘 이후로도 계속 반발한다면 역심으로 여기고 응당한 벌을 줄 것이다. 자중하기를 바란다.'

이 교지는 정음과 한자로 전해졌다. 이 교지 이후로도 영남의 유생들이 지부상소하는 일이 있었다. 이산은 이들 모두를 참형에 처하라 엄명을 내렸다. 이산을 멈추게 하는 것은 불가능했다.

칭제건원 선포

1789년 마침내 이산은 칭제건원을 선포했다. 그리고 정음이 한자와 동등하게 나라의 글자가 됐음을 알렸다. 국호는 '대한제국'이라 했다. 통일신라와 고려가 여러 나라를 통일했을 때 '삼한일통三韓一統'이라 한 것을 근거로 '한'이라는 명칭을 쓴 것이다. 구라파 나라들과 같이 국기를 만들어야 한다는 여론이 있어 '태극기'를 국기로 정했다. 연호는 '민본'이라 했다. 임금을 황제로 하고, 전하가 아닌 폐하로 높여 부르게 했다. 명령을 칙勅이라 하고, 황제는 스스로를 짐이라 한다고 했다. 하늘에 제사를 지내기 위해 원구단을 세우고, 종묘에 보고한 후 화려한 황제 즉위식을 올렸다.

이때 이산은 몇 가지 중요한 개혁 정책을 발표했는데, 이를 민본 개혁이라 했다.

첫째, 전국을 8도에서 13도로 개편한다.

둘째, 의정부를 의정성으로 개칭하고, 수장을 총리로 하며, 기존의 판서를 대신으로 칭하고, 황제가 필요하면 민본원

인물들을 의정성 관리로 특채한다.

셋째, 칭제건원을 반영해 법률서 『대전통편』을 증보한다.

넷째, 공납을 없애고 완전히 금납화金納化한다. 포와 쌀은 더 이상 화폐 역할을 할 수 없다. 세금은 상평통보로만 내고 필요한 물품은 시장에서 돈으로 구매하도록 한다.

다섯째, 군역과 요역에 대해서도 그 대가를 화폐로 지불한다.

여섯째, 궁방전과 내탕금의 관리를 호조로 이관해 투명성을 높인다.

일곱째, 양전과 호구 조사를 대대적으로 실시해 세수를 확보한다. 일정 규모를 넘어서는 고광대실에 대해서는 집세를 별도로 내게 한다.

여덟째, 여전히 독점적 특권을 누리고 있던 육의전을 없애고 통공을 발매해 자유롭게 시장을 열 수 있도록 한다.

아홉째, 초등교육기관인 향교와 서당, 중등교육기관인 한양의 사학, 고등교육기관인 성균관의 운영 경비를 관에서 대폭 지원한다. 서원은 사립 중등교육기관으로 존치시켜 관립교육기관과 경쟁하도록 한다.

열째, 서학과 기독교, 불교 등이 강상죄와 역모죄에 해당하지 않는 한 금압하지 않는다.

열한째, 채제공을 책임자로 '실록정음도감'을 설치하도록 해 경종 이전의 왕조실록을 정음으로 번역한다.

구라파에 통상단을 파견하다

네덜란드, 스페인, 포르투갈에 이어 영국이 통상 교섭을 해왔다. 영국의 프로비던스호가 원산 앞바다에 와 통상을 요구한 것이었다. 이산은 그동안의 예에 따라 영국의 상선이 제물포에 상관을 열 수 있도록 했다. 외국과의 통상이 확대되면서 기존에 왜관이 설치돼 있던 부산포에도 구라파 상인들을 위한 상관을 열 수 있도록 했다.

이산은 이열과 2차로 통상 관계를 맺은 구라파 나라들에 통상단을 파견하는 문제를 논의했다. 이산은 칭제건원하며 대한제국이 출범했다는 것을 알림과 동시에, 구라파의 동향을 파악하고 최신 문물들에 대해 알아 오기를 바랐다. 이열은 특별히 구라파에서 발간된 최신 서적들을 가져올 것을 요구했다. 항로는 스페인, 포르투갈을 거치고 네덜란드를 경유해 영국에 가는 것이었다.

1차 때와 마찬가지로 2차 통상단도 민본원 주도로 조직했다. 대형 선박 두 대를 띄우고 200명의 통상단을 보내기로 했다. 이열은 누구를 통상단장으로 삼을까 고민한 끝에 함경도 민본원 원장인 홍경래를 단장으로 보내기로 했다. 당시 민본원 내에서 홍경래가 두각을 나타내고 있었던 것이다. 100명은 1차 경험이 있는 이들 위주로 뽑고 나머지 인원은 새로운 사람들로 충원했다. 각 나라의 상관에서 한 명씩 뽑아 항해의 안내자 역할과 통역을 담당하도록 했다.

3년 만에 통상단이 성공적으로 임무를 마치고 돌아왔다. 통상단은 네덜란드에서 토마스 홉스, 존 로크, 장 자크 루소의 저작을 구해 왔다. 통상단은 구라파 나라들이 나무를 때던 것을 지나 이제는 '코울'이라는 암석을 캐내 연료로 사용하는 추세로 가고 있다는 보고서를 써서 올렸다. 박곤이 개발에 관심을 가졌던 바로 석탄이었다.

통상단 중에는 광산 채굴 업무를 했던 이들이 몇몇 있었다. 그들은 금은광·철광을 개발하기 위해 땅속을 뚫다 보면 검은 암석층이 나오는 것을 본 적이 있음을 들어 조선 땅에도 적지 않은 석탄이 있을 거라고 주장했다. 이산은 민본원장 이열과 의논해 대대적인 석탄광 발굴 작업을 진행하기로 했다. 오래전 박곤의 바람이 이뤄지고 있었다.

이산은 규장각에 영어·네덜란드어·스페인어·포르투갈어를 가르칠 교관을 초빙하게 하고, 특별히 사람들을 소수정예로 선발해 이 외국어들을 습득하게 했다. 구라파와의 통상 소문은 급격히 퍼져 나갔다. 구라파와의 통상은 호기심의 대상이었고 선망의 대상이었다. 수많은 사람들이 외국어 과정에 지원을 했다.

어음의 교환과 결제, 각국 화폐의 교환을 위해 '어음소'가 하나둘 세워지고 있었다. 상관과 어음소에서 일하는 것은 급료가 많아 많은 이들의 선망의 대상이 됐다. 그들은 최고의 신랑감, 신부감으로 통했다.

통상단이 귀국한 이듬해 이열이 사망했다. 이열의 뒤를 홍경래가 이었다.

문체반정

이산 재위 당시에 소위 북학파가 있었다. 이들은 구라파와 청나라의 선진문물과 과학기술을 적극 수용하여 나라를 개혁하고 상공업을 발전시켜야 한다는 개혁적인 목소리를 내고 있었다. 박지원은 『열하일기』 등을 통해 이런 사상을 전파시키고, 또 새로운 문체를 선보이고 있었다. 박지원은 소설 『호질』, 『양반전』을 써 양반들의 위선과 낭비를 신랄하게 고발하기도 했다. 박지원을 비롯한 북학파는 양반도 노동하고 상업에 종사해 상업의 발달에 기여해야 한다고 생각했다. 이들은 자신들의 학문을 '실학'이라 불렀다. 이들은 왕도王道의 기준을 인의와 같은 도덕보다 안인安人의 실용적 개혁에 두었다.

전통적인 성리학의 화이관·명분론에서 벗어난 북학파의 '이용후생利用厚生' 정신은 이산의 정신과도 일맥상통하는 것이었다. 전통적인 화이관이라는 수직적 세계관에서 벗어나 화이일야華夷一也의 수평적 관계관을 제시한 북학파에 대해 이산은 든든한 우군으로 생각했다. 북학파도 이산의 칭제 건원과 민본 개혁에 대해 기본적으로 지지하는 입장이었다.

그런데 북학파·실학파는 정음에 대해 배타적이고 닫힌 자세를 갖고 있었다. 자신의 저서들을 오로지 한자로만 적었다. 방대한 저서를 남긴 정약용, 백과사전을 펴낸 이덕무, 생활언어를 중요시하며 문체의 실용화를 꾀하고자 했던 박지원의 소설도 모두 한자였다. 박지원은 한자를 정음으로 번역하는 것에 비판적이었다. 박제가는 아예 중국말을 우리말로 해야 한다는 주장까지 했다. 이산은 정음을 배격하는 이들의 태도를 위선적이라고 보았다. 말로는 화이관을 벗어나야 한다면서도 한자에 연연하는 것은 중화주의를 벗어나지 못한 탓으로 보았다.

이산은 스스로를 조선의 최고 유학자로 자부하고 있었다. 모든 경서를 암기하다시피 했으며, 주자의 저서나 다른 저서에 주석을 달아 여러 권의 책을 냈고, 훈고학과 고증학에도 탁월했다. 이런 자부심이 있기에 임금이 된 지 15년째 되던 해 경연을 폐지하고, 규장각을 설치해 임금이 직접 교육을 시켜서 중하급 관리들을 발굴하는 '초계문신제'를 실시할 수 있었다. 정약용도 초계문신제를 통해 발탁했다.

조선 후기 최고의 학자로 인정받는 정약용의 『여유당전서』는 154권 76책인데, 이산의 개인 문집인 『홍재전서』는 184권 100책이나 된다.

이산은 책벌레였던 데다 무예에도 능통했다. 『동의보감』이 불충분하다 여겨 본인이 직접 보강을 하기도 했다. 신하들도 이산의 높은 유학 수준을 인정하지 않을 수 없었다. 이산의 묘지문에는 "우리 임금께서는 진실로 성인이었다"고 적혀 있다. 조선 임금의 묘지문 중 이산의 것에만 성인이라는 말이 유일하게 담겨 있다. 그만큼 학문적으로 뛰어났던 것이다.

이산은 청나라의 패관소설류와 잡기 등의 영향을 받아 조선식 구어체 한자를 쓰는 방식으로 양반들 사이에서 유행을 하고 있던 패관 문체를 문제삼았다. 이산은 청나라로부터 패관소설과 잡서를 들여오지 못하게 했다. 대과에서 장원감으로 평가받은 이옥의 답안지 문체가 패관 문체라는 이유로 꼴찌로 강등해 버리기도 했다. 그리고 당대의 유명 문인이었던 박지원, 박제가, 이덕무, 김조순에게 패관 문체를 사용했다 하여 반성문을 쓰도록 명했다. 성균관에서 패관 문체를 사용해 적발되면 과거 응시 자격을 박탈했다.

이산은 정음을 쓰면 해결될 문제를 굳이 한자를 고수하는 태도가 위선적이라고 보았다. 이산은 한자를 쓰려면 그런 문체가 아닌, 고전 경서의 정통 문체를 사용해야 한다고 제동을 걸었다. 이것이 문체반정의 배경으로, 한자를 쓰려면 제대로 알고 쓰라는 것이었다. 그 이상도 이하도 아니었다.

이산은 재위 말에 정음으로 쓴 『오륜행실도』를 대대적으로 발간했다. 또 이산이 왕세손이었을 때 대리청정을 반대한 홍인한·정후겸을 고발하고 충도忠道를 밝히고자 이산의 명으로 김치인 등이 쓴 『명의록』과 『속명의록』을 정음으로 언해하도록 했다. 병학서인 『병학지남』과 무예서인 『무예도보통지』도 언해했다. 의학서인 『증수무원록』과 『제중신편』을 언해했고, 운서인 『규장전운』과 『전운옥편』을 발간했다.

이산은 『주자대전』과 『주자어류』 원본, 그리고 청나라의 백과사전인 『사고전서四庫全書』를 들여와 정음으로 언해해야겠다는 생각을 했다. 이러한 원서들을 정음으로 번역해 널리 읽히게 하면 여전히 한자에 경도돼 있는 양반사대부들도 정음을 사용하게 되는 계기가 될 것이라 생각한 것이다. 이산은 청나라에 사신으로 가는 서형수에게 이를 구해 오라 일렀다. 서형수는 청나라의 대학자로 『사고전서』 편찬의 총책임자인 기윤을 만나 이를 논의했다. 이에 기윤이 『주자대전』과 『주자어류』 정본을 구해 보내 주었다. 그러나 이 작업은 이산의 사망으로 진척되지 못했다.

이산의 재위 당시에 정음 편지의 서식과 예시 글을 모아놓은 책자인 언간독諺簡牘이 유행했다. 언간독이 유행하고 필사가 될 정도로 남녀노소 불문하고 정음 편지가 일상화된 것이었다. 이산도 어머니 혜경궁과 외숙모 여흥 민씨 등에게 정음 간찰을 보낼 정도로 정음 사용에 능숙했다. 각종 정음으로 된 조리서도 발간됐다.

안동 김씨의 세도정치

조선의 마지막 왕이자 대한제국 초대 황제였던 이산이 세상을 떠났다. 조선 왕들의 고질병인 종기를 심하게 앓다가 이를 이기지 못하고 사망한 것이었다. 새로운 황제로 이산의 둘째 아들이자 서장자인 이공이 즉위했다. 그때 이공의 나이 열한 살이었다. 단종이 즉위할 때보다도 훨씬 어린 나이였다.

이산의 건강이 급속히 악화해 죽기 4개월 전에 이공이 황태자로 부랴부랴 책봉되었다. 4개월의 황태자 시절을 보낸 것이다. 당시 황실의 가장 큰 어른이었던 영조의 계비 정순황태후 김씨가 수렴청정을 했다. 정순황태후는 이산의 칭제건원, 그리고 서학과 천주교에 대한 너그러운 태도를 탐탁지 않아 했다. 이공의 아내 순원황후의 아버지는 김조순이었는데, 그는 안동 김씨 가문의 사람으로 안동 김씨의 세도정치를 구축하려 했다.

조선이 칭제건원하고 민본 개혁을 한 지 얼마 되지 않아 어리고 나라를 이끌 준비가 전혀 되어 있지 않은 이공이 황제로 즉위하면서 대한제국은 큰 위기에 봉착했다.

정순황태후는 수렴청정을 시작한 지 얼마 지나지 않아 천주교를 박해하기 시작했다. 신유박해였다. 정순황태후는 노론 강경파를 앞세워 천주교를 탄압했다. 노론 강경파인 벽파는 천주교 탄압을 빌미로 이산 당시 핵심 세력이었던 남인 인사들과 노론 온건파인 시파를 숙청하려 했다. 남인의 보호자였던 채제공도 이미 사망한 뒤였다.

이때의 일로 중국인 선교사 주문모 신부를 비롯해 300여 명의 천주교 신자들이 죽었다. 그리고 천주교 서적을 읽고 토의하는 모임을 가졌다 하여 이승훈, 이가환, 정약종, 정약전, 정약용, 권철신 등 남인계 사람들을 대대적으로 숙청했다. 이승훈, 이가환, 정약종, 권철신은 죽음을 맞이했고 정약전과 정약용은 유배형에 처해졌다. 사도세자의 서자였던 은언군과 그의 아내, 아들도 사사했다.

이 일이 있기 전에 교황청이 제사를 금지하는 명령을 재차 내렸다. 본래 예수회는 제사를 종교 행사가 아니라 조상에 대한 단순한 예식으로 여겨 이를 금지하지 않았다. 조선의 천주교 신자들도 장길산의 자체적인 해석에 따라 제사를 금지하지 않고 있었다. 그런데 도미니크회와 프란체스코회가 이의제기를 했고 교황청이 이를 받아들이면서 제사를 금지한 것이었다. 이런 결정이 이공의 치세 때 본격적으로 알려지면서 대한제국을 뒤흔들었다. 정약종의 이른바 부모도 임금도 무시한다는 '무부무군無父無君' 낙서가 발견되면서 천주교는 패륜 종교로 매도되고 있던 터였다.

설상가상으로 황사영 백서 사건이 터졌다. 박해를 피해 제천의 동굴에 은거하고 있었던 황사영이 북경교구장 구베아 주교에게 편지를 보냈는데, 조선을 청국의 속국으로 만들든지, 구라파 군대가 대한제국을 점령하든지 해야 한다는 내용이었다. 이 편지가 발각되자 천주교 세력은 완전히 반체제 세력으로 낙인찍히게 되었다. 자연히 서학을 배척하는 분위기가 강해졌다.

정순황태후의 수렴청정이 끝나자 노론 온건파인 시파가 노론 강경파인 벽파를 국혼을 방해하고 안동 김씨들을 모함했다며 맹렬히 공격했다. 이공이 노론 시파에 속하는 김조순의 딸을 황비로 삼아 혼인하려 했으나 노론 벽파 사람들이 '곡돌사신曲突徙薪'이라는 표현까지 써가면서 막으려 했음을 들어 공격한 것이었다.

그즈음 노론 벽파의 뒷배가 되었던 정순황태후와 노론 벽파의 영수 심환지가 사망했다. 영조 때의 '8자 흉언 사건'이 불거지며 벽파가 역당으로 몰리면서 정치적 당파로서의 노론 벽파가 완전히 사라졌다. 8자 흉언이란 '역적지자 불위군왕逆賊之子 不爲君王'의 8자로, 역적인 사도세자의 아들은 왕이 될 수 없다는 노론 벽파의 주장이었다. 유일하게 남은 붕당 세력은 노론 시파였으나 세력이 미미해 붕당이라 할 수 없는 지경이었다. 이로써 붕당정치는 몰락하고 안동 김씨의 세도만 남게 되었다.

대한제국의 단말마, 세도정치

조선의 건국 이념은 왕권과 신권의 조화였다. 왕권은 신권에 의해 강한 견제를 받았다. 조선은 삼사로 대표되는 대간 제도가 발달해 있었고, 왕이 정무를 볼 때는 사관에 의해 일거수일투족이 기록돼 말과 행동을 함부로 하기가 어려웠다.

신권의 경우도 훈구와 사림, 그리고 붕당이라 불리는 당파들에 의해서 상호 견제와 균형이 이뤄졌다. 주류 당파의 힘이 너무 커질 경우 왕은 환국 등의 방법으로 견제와 균형이 근본적으로 무너지는 것을 막았다. 당파 간 상호 견제와 균형이 오랜 갈등 끝에 안정적인 상태에 놓인 것이 탕평책이었다.

여기에 민본원이 하나의 세력을 이뤄 왕권과 신권, 민권의 기본적인 삼각관계가 형성됐다. 이 삼각관계는 많은 이들의 피와 땀으로 일군 것이었다. 그 피와 땀의 결과가 경장이었고, 칭제건원과 대한제국의 선포였으며, 정음을 나라글로 삼은 것이었다. 이렇게 조선과 대한제국의 역사는 도도히 흘러왔다.

한 가문이 도드라지게 정치를 독점하는 세도정치는 결국 왕권·신권·민권의 삼각관계를 훼손하려는 반동으로 이어질 수밖에 없었다. 견제와 균형, 조화의 원리에 무모하게 도전장을 내민 것이다. 세도정치가 껍데기뿐인 황권을 옆으로 밀쳐내면서, 사실상 황권과 신권을 차지한 세도가와 민권이 정면충돌하게 되었다.

이로써 400년을 이어온 체제가 계속 이어지느냐, 무너지고 새로운 체제로 나아가느냐는 중대한 역사적 갈림길에 놓이게 되었다. 이제부터는 경장이라는 말로는 설명할 수 없는, 완전히 새로운 국면이 열리게 되는 것이었다. 그것은 사회혁명, 정치혁명이었다. 혁명이 성공한다면 세도정치는 조선과 대한제국 최후의 반동이요, 단말마로 기록될 것이었다.

특정 가문 중심의 세도정치로 인한 정치권력 자원의 독점은 심각한 정치적 소외를 가져왔다. 이공 때의 안동 김씨의 근거지는 한양을 비롯한 경기 지역이었다. 안동 김씨의 권력 독점은 지역적으로는 경기 지역의 권력 독점이요, 달리 표현하면 경기 외 지역의 권력 소외였다. 세도정치는 연줄정치와 매관매직을 먹고 자라났다. 그럴수록 소외의 비애감은 깊어만 갔다.

정치권력의 독점, 견제와 균형의 상실, 광범위한 정치권력으로부터의 소외 세력의 발생이라는 세도정치의 특징은 장작더미 위에 만들어진 화려한 집이었다. 겉은 화려하지만 장작더미에 불이 붙으면 활활 불타 버릴 운명이었던 것이다.

이공의 장인인 김조순이 세도정치의 중심이었다. 안동 김씨 가문은 이공의 외가인 반남 박씨의 조력을 받아 세도정치를 펼쳐 나갔다. 세도정치의 눈에는 두 개의 큰 걸림돌이 있었다. 하나는 민본원이었고, 다른 하나는 날이 갈수록 똑똑해지고 부유해져 가는 평민들이었다. 민권을 대표하는 세력으로 민본원이 존재하는 한 그것은 권력독점이 아니었고, 세도정치가 아니었다. 세도정치는 결국 여기에 칼끝을 들이대야 했다.

세도정치 세력이 먼저 착수한 일은 민본원을 반역도당으로 모는 것이었다. 정조황제 때의 칭제건원과 대한제국의 성립을 민본원 일당의 강압에 의한 것으로 날조를 했다. 민본원 일당이 정조황제에 대해 끊임없이 암살 위협을 가해 어쩔 수 없이 이뤄졌다는 것이다. 암살 시도의 장본인이 노론 벽파가 아니라 민본원이라 날조한 것이다. 민본원은 칭제건원 후 황제를 꼭두각시로 만들고, 결국은 나라를 전복한 후 평민이 양반 위에 군림하는 나라를 세우기 위한 역모를 계속 진행해 가고 있다는 그림을 그렸다.

홍경래를 비롯한 민본원 주요 인물들에 대한 추포령이 내려졌다. 홍경래는 미리 낌새를 알아채고 한양을 탈출해 평안도 묘향산으로 대피했다. 홍경래는 한양 탈출 전 각 도의 민본원 지도부에게도 탈출하라고 명했다. 의금부에서는 잡아들인 민본원 사람들을 호되게 고문해 정조황제를 암살하려 했고, 무력으로 강압해 칭제건원하도록 했다는 거짓 진술을 받아냈다. 결국 성리학에 기초한 신분 국가를 뒤엎고 평민이 위가 되고 양반이 아래가 되는 나라를 만들려는 역모를 꾸몄다고 날조한 것이었다.

뒤이어 민본원 관련자들에 대한 일제 소탕령을 내렸다. 민본원의 재산을 전부 몰수하고, 민본원에 가담한 사의 토지 또한 몰수하도록 했다. 시장의 개설과 외국과의 통상은 무조건 조정의 허가를 득해야 한다고 영을 내렸다. 그리고 내명부 외에는 정음 사용을 일절 금하며 정음으로 된 서적은 출간하지도, 유통하지도, 소지하지도 못하게 했다. 민간에 있는 정음으로 된 서적은 몰수해 모조리 불태워 버리도록 했다.

민본원이 선택할 수 있는 방법은 하나밖에 없었다. 전국적인 무장봉기였다. 이번 봉기는 경장으로 끝날 것이 아니었다. 끝난다면 세도정치의 승리이거나 아니면 혁명이었다.

혁명의 불길이 들불처럼 번지다

홍경래는 구라파 통상단이 가져온 후 번역한 토마스 홉스, 존 로크, 장 자크 루소의 책을 탐독했다. 홍경래는 이 책들을 통해 나라는 백성의 안전과 평화 유지가 존재 이유이고, 그 존재 이유에 의해 나라가 백성들과의 계약으로 이뤄진 것이라는 사상에 깊은 감명을 받았다. 여기에 천리天理라는 것은 없었다. 천리가 없으면 황제도, 신분도 그 시대의 산물일 뿐 영원불변하지 않는 것이었다.

백성들의 선택에 따라 다양한 통치 기구가 만들어질 수 있는 것이고, 그 통치 기구가 백성들의 뜻을 역행한다면 갈아엎을 수도 있다는 주장은 홍경래의 뇌리에 큰 자극이 되었다. 장 자크 루소의 책을 통해 사람은 태어날 때부터 생명과 자유, 그리고 재산에 대한 권리를 갖게 되며, 통치세력이 이 권리를 무시하면 백성은 그에 저항하여 다시 자신의 권리를 보장하는 통치세력을 세울 수 있다는 주장을 음미하며 이제 대한제국에 혁명이 필요하다는 확신을 갖게 되었다. 홍경래는 불란서라는 나라에 혁명이 일어나 황제의 통치를 무너뜨렸다는 것을 구라파 통상단으로부터 들어 알고 있었다.

홍경래는 민본원의 무장봉기가 필요하다는 판단을 내렸다. 각 도의 민본원에 예전에 봉기했을 때처럼 주요 산속으로 들어가 무장봉기를 준비하라 명을 내렸다. 그리고 각 도의 관아를 습격해 무기고에서 무기를 탈취하라 했다.

세도정치 세력은 오판하고 있었다. 민본원의 존재, 그리고 그동안의 경장이 백성들 사이에 깊이 뿌리 내리고 지지를 받고 있다는 것을 얕봤다. 정음의 보급으로 똑똑해지고, 자기 땅을 갖고, 공업과 대내외적 상업을 통해 부를 쌓은 평민들의 들끓는 에너지는 어떤 방법으로도 억제할 수가 없는 것이었다. 세도정치로 소외되었던 많은 몰락 양반들, 거기에 더해진 지역 소외감은 봉기의 지지자 범위를 꽤 넓혀놓고 있었다. 이제 봉기 참여 세력은 평민에 국한되지 않았다. 많은 양반들도 지지를 보내고 직접 무기를 들었다. 부를 쌓은 평민들의 적극적 지원은 더할 나위 없는 힘이 되었다.

홍경래는 정음 격문을 발표했다. 짧지만 강렬했다.

우리의 이번 봉기는 최후의 봉기가 될 것이다. 이제 왕이, 황제가 군림하며 통치하는 시대는 끝날 것이다. 혈통에 의해 왕이 세워지고, 그 왕에 의해 나라가 다스려지는 일은 이제 없을 것이다. 진정한 백성들의 나라를 세울 것이다. 백성들의 뜻에 의해 선출된 이가 나라를 이끌어 갈 것이다. 그렇게 세운 통치자가 백성들의 뜻에 또 어긋난다면 다시 세우게 될 것이다.

이번 봉기의 끝은 정음이 백성의 글자가 되는 문자 평등의 나라, 평민과 양반의 신분조차도 없어지는 신분 평등의 나라, 모든 백성의 안전과 평화가 보장되는 나라의 건국일 것이다. 대동의 나라가 될 것이다.

무기를 들 힘이 있다면 남녀노소 구별 없이 모두 무기를 들어야 할 것이다. 백성의 나라는 모든 백성의 힘으로 세워질 것이다. 모두 한양으로 진격하라. 한양을 점령할 것이다. 이제 대한제국이 아니라 대한민국이 세워질 것이다.

민본원 봉기군의 규모는 두 달 만에 10만 명을 넘어섰다. 관군에서도 속속 탈영이 일어나 봉기군에 가담하는 일이 잦아졌다. 봉기는 전국 13도에서 동시다발로 일어났다. 한양으로의 진군 속도는 홍경래가 이끄는 평안 봉기군이 가장 빨랐다. 두 달 만에 평안도를 완전히 장악했다. 이후 함경도를 장악한 함경 봉기군과 연합해 황해도와 강원도를 장악했다. 경상·전라·충청 봉기군은 관군의 강력한 저항에 어려움을 겪었지만 다섯 달 만에 이 지역을 장악했다.

봉기한 지 여섯 달 만에 전국의 봉기군이 경기 지역으로 집결해 산발적으로 전투를 벌이고 있던 경기의 봉기군과 결합했다. 이때 봉기군은 20만 명을 넘어섰다. 황실과 조정 대신들은 봉기를 피해 남한산성과 북한산성으로 나눠 들어갔다. 남한산성에는 황제 이공이, 북한산성에는 김조순이 황후와 어린 황자 이영과 함께 들어갔다. 황실이 무너지는 것은 시간문제였다. 홍경래는 최후 통첩을 했다. 보름의 말미를 줄 것이니 항복하든가, 죽음을 맞든가 선택하라 했다.

이공은 청나라에 도움을 요청했다. 그러나 청나라는 백련교도의 난을 수습하느라 도움을 줄 수 있는 상황이 아니었다. 이공에게는 항복 외에 다른 선택지가 없었다.

건국 작업

사대문이 일시에 열렸다. 홍경래는 사대문 안을 통해 각 도의 봉기군 각각 50명씩만 대동해 들어가 창덕궁 문밖에 주둔하게 하고 민본원장들만 인정전에 모이도록 했다. 인정전 안에는 홍경래의 친위대원 100명이 삼엄한 경계를 서도록 했다.

민본원장 회의에서 중요한 결정을 내렸다.

첫째, 새로운 나라의 이름은 대한민국으로 한다. 대한민국 건국을 위해 민본원장들과 100여 명의 실무진으로 '건국준비단'을 구성한다. 건국준비단은 건국 전까지 임시통치기구 역할을 한다. 건국준비단의 수장은 홍경래 민본원장으로 한다.

둘째, 유교는 국교로서 인정되지 않으며 모든 사상의 자유를 보장한다.

셋째, 정음을 나라의 공식 글자로 하며 한자는 보조 글자로 한다. 정음의 명칭을 '한글'이라 부르기로 한다.

넷째, 일절 신분의 차별을 두지 않는다. 양반이라는 명칭은 사용하지 않으며 모두 국민이라 칭한다.

다섯째, 봉기군은 경기 봉기군 외에는 모두 각 도로 돌아간다.

여섯째, 일체의 약탈과 겁간 행위는 중죄로 처벌한다.

일곱째. 기존의 행정 기구는 개편 전까지 유지한다.

여덟째, 황실은 보전하되 통치에 일절 간섭하지 않는다. 황실 가족에게는 경희궁에 임시 거처를 마련해 주도록 한다. 황실 소유의 토지는 모두 몰수한다.

아홉째, 혁명심판원을 설치하여 관련 책임자들을 엄하게 처벌한다. 단, 특별한 경우가 아니고서는 연좌하지 않는다. 사형에 처해지는 중죄인의 토지는 몰수한다.

열째, 봉기군이 소지하고 있는 무기는 각 도의 민본원에서 수거하도록 한다.

참의원 설치와 황실 존치 논쟁

건국준비단 내에서 참의원 설치와 황실 존치 문제를 둘러싸고 격론이 벌어졌다. 새로운 나라의 이념이 신분 질서의 타파이니만큼 격론이 벌어질 수밖에 없었다. 홍경래를 중심으로 한 온건파와 전우칙을 중심으로 한 강경파 간에 격론이 일었다.

홍경래는 비록 혁명으로 제국 체제와 신분 질서를 무너뜨렸지만 급격하게 사태를 진행시킬 것이 아니라 점진적인 방식으로 이에 대한 저항을 흡수해야 한다고 생각했다. 전국 곳곳에서 유림 세력이 반혁명의 기치를 들고 저항하고 있었다. 무력을 통해 강제 진압하고 있었지만 계속 그렇게 밀고 나갈 수는 없다고 생각했다.

홍경래는 과도적으로 민본원의 명칭을 민의원으로 바꿔 기존 평민들의 대의기구로 하고, 기존에 양반 계층을 대의하는 기구로 참의원을 설치할 것을 주장했다. 민의원은 인구수에 따라 자리를 할당하고, 참의원은 유적儒籍에 등록돼 있는 자들 중에서 각 도에서 3명씩 뽑아 구성할 것을 제안했다. 홍경래는 향후 무엇보다 입법이 관건이 될 것이라고 보았다. 새로운 백성의 나라는 왕의 권위가 아니라 법의 권위에 의거하는 통치체제가 되어야 할 것이었다.

홍경래는 민의원과 참의원이 각각 독자적인 입법권을 갖되 민의원에서 통과된 법률은 참의원에서 심사해 거부권을 행사할 수 있도록 하고, 거부된 법률에 대해 민의원에서 3분의 2 이상의 의원이 재의결해 통과시키면 최종적으로 최고통치자가 승인권과 거부권을 행사하는 방식을 구상했다. 참의원의 입법권에 대해서는 오직 최고통치자가 승인권과 거부권을 행사하자는 것이었다. 홍경래는 신분 질서의 타파로 박탈감을 느끼는 양반들의 저항을 누그러뜨리는 조치를 취할 필요가 있다고 생각했다. 당분간은 법적으로는 신분의 구별이 없더라도 기존의 평민과 양반 출신의 계층 간 견제와 균형이 필요하다고 본 것이다.

홍경래는 황실의 권력은 없애되 존치시킬 필요가 있다 생각했다. 황실이 기존의 유교적 통치 질서의 정점이자 상징이어서 완전히 없애는 것은 적절하지 않다고 본 것이다. 상징적 의미로 황실을 보존하고 나라에서 재정 지원을 하면 될 일이었다.

전우칙을 중심으로 한 강경파는 이런 홍경래의 주장을 일축했다. 신분 질서 타파에 위배된다는 것이었다. 강경파는 더 나아가 토지의 균등한 분배를 요구했다. 강경파의 주장에 대한 지지세도 만만치 않았다.

홍경래는 전우칙을 만나 최종 담판에 나섰다.

"전 동지, 전 동지의 주장을 내 이해하지 못하는 것이 아닙니다. 그러나 모든 일을 진행함에 있어서, 특히 나라를 끌어가는 일에 있어서 가장 경계해야 할 것이 이상에 매몰돼 현실을 무시하는 것입니다. 시의時宜만 중요한 것이 아니라 변통變通도 중요한 것입니다. 어쩌면 변통이 더 중요하다 할 수 있을 것입니다. 변통을 무시하고 시의만 좇는 것을 급진적이라 하는 것입니다. 그래서는 혁명이 성공할 수 없습니다. 반드시 반발이 따르게 됩니다. 나는 전우칙 동지의 이상에 뜻을 같이합니다. 그러나 변통을 무시하는 듯한 언사에 대해서는 동의할 수 없습니다.

지금은 과도기적 조치가 필요합니다. 혁명은 성공시키는 것보다 그 혁명의 이념을 현실에 펼쳐내는 것이 몇 갑절 더 어렵습니다. 육고가 한고조 유방에게 말 위에서 천하를 얻을 수 있지만, 어찌 말 위에서 천하를 다스릴 수 있겠냐고 했던 것이 바로 그런 의미였던 것입니다.

전 동지, 대동국이 되기 위한 원칙은 견제와 균형이어야 합니다. 언제고 왕관 없는 왕이 출현할 수도 있습니다. 그것을 막기 위해서는 힘이 한쪽으로 쏠리는 것을 반드시 막아야 합니다. 그래서 견제와 균형, 그리고 조화가 필요한 것입니다. 그래야 되도록 많은 이들이 동의하고 소외되지 않을 수 있습니다. 강하고 부유한 이들이 제멋대로 권력을 휘두르지 않게 억제해야 하겠지만, 강하고 부유한 이들을 완전히 없애겠다는 생각까지 미쳐서는 안 됩니다. 강자와 부자는 없앤다고 없어지지 않습니다. 강자와 부자를 없애려고 억압하는 과정에서 그 억압하는 이가 반드시 강자와 부자로 대두한다는 것을 역사는 보여주고 있습니다. 강자와 약자, 부자와 빈자는 조화를 이뤄야 합니다. 조화를 이루도록 서로 견제하고 균형을 맞추이야 합니다. 진 동지, 이 홍경래를 도와주세요. 지금 당장은 과도기이지만 나도 멀리는 전 동지가 꿈꾸는 방향으로 가는 데 늘 함께할 것입니다."

홍경래의 간곡한 설득에 전우칙은 홍경래와 함께하기로 결단을 내렸다. 그리고 다른 강경파들을 설득했다.

건국준비단은 맨 먼저 민의원과 참의원 구성에 착수했다. 200명의 의원으로 민의원이 구성됐다. 18세 이상의 모든 이에게 선출 권한이 주어졌다. 도 단위로 의원 수를 할당해 전국을 200개 지역으로 쪼갰다. 18세 이상이면 누구나 후보로 나설 수 있었다. 그러나 여성 의원 수는 단 5명에 불과했다. 갈 길이 멀었다.

52명의 참의원이 구성됐다. 격론 끝에 도 단위로 4명의 의원이 할당됐고 유적儒籍에 올라 있는 이들이면 누구나 후보로 나설 수 있었고 선출 권한이 주어졌다.

대한민국 건국을 선포하다

건국준비단에서는 나라의 근간이 되는 법안을 마련했다. 명칭을 헌법이라 했다. 이 헌법안은 민의원에 보내 심의와 수정 과정을 거치도록 했다. 민의원에서 헌법안을 통과시켜 참의원으로 보냈다. 참의원에서는 거부권을 행사했다. 민의원은 재의결을 하여 민의원과 참의원 모두가 선출권을 행사해 뽑을 예정인 최고통치자에게 이 헌법안을 보낼 것이었다. 그때 만들어진 헌법안은 다음과 같았다.

제1조 대한민국은 어떤 신분의 구별과 차별이 존재하지 않는 대동국이다.

제2조 대한민국의 주인은 국민이다.

제3조 대한민국의 수도는 서울이다.

제4조 대한민국 국민 누구나 서책을 출간할 수 있고 집회를 할 수 있다.

제5조 모든 국민은 법 앞에 평등하며 일체의 차별을 받지 않는다

제6조 모든 국민은 종교와 사상을 선택할 권리를 갖는다. 종교와 사상에 의해 어떠한 차별을 받지 않는다.

제7조 모든 국민의 재산권은 법률로 제한되지 않는 한 보호된다.

제8조 모든 국민은 교육을 받을 권리가 있고, 세금을 내고 병역을 이행할 의무가 있다.

제9조 세금의 종류와 세율은 법률로 정한다.

제10조 18세 이상의 대한민국 국민이라면 민의원 후보로 나설 수 있고, 또 선출 권한을 갖는다.

제11조 당黨의 결성을 자유롭게 할 수 있으며 단, 왕정을 추구하는 당은 허용되지 않는다.

제12조 민의원과 참의원은 각각 입법권을 갖는다. 참의원은 민의원에서 통과된 법률안에 대해 거부권을 행사할 수 있다.

제13조 각 의원의 임기는 4년으로 한다. 민의원의 정수는 200인으로 하고 참의원의 정수는 각 도당 4인으로 한다. 각 선거구에서 가장 많은 표를 얻은 이를 당선인으로 한다.

제14조 정부의 수반은 총령이라 하며, 의원들 누구나 후보가 될 수 있고 의원들 누구나 선출 권한을 갖는다.

제15조 총령의 임기는 4년으로 하며 중임할 수 있다.

제16조 총령은 참의원에서 거부된 법률안이 민의원에서 3분의 2 이상의 찬성으로 재결의되면 최종적으로 판단할 권한을 갖는다.

제17조 총령은 참의원의 입법에 대해 거부권을 행사할 수 있다.

제18조 총령은 군대의 지휘권을 갖는다.

제19조 총령은 민의원, 참의원 중에서 15인 이내의 장관을 임명할 수 있다.

제20조 누구든지 법률에 의하지 않고서는 일체의 구속과 제한을 받지 아니한다.

제21조 각 도에 법률원을 두고, 서울에 중앙법률원을 둔다. 도 법률원의 판결에 불복 시 중앙법률원에 상소할 수 있다.

제22조 과거제도는 폐지하며 국가시험으로 대체한다. 국가시험 응시자 자격에 대해서는 차별을 두지 않는다.

제23조 헌법의 개정은 총령의 발의나 참의원, 민의원 각각 과반의 뜻이 모아졌을 때 제안한다.

제24조 헌법 개정안이 민의원에서 출석 의원 3분의 2 이상으로 통과되었는데, 참의원이 이를 부결할 경우 최종적으로 총령이 심의하고 공포할 권한을 갖는다.

제25조 대한민국은 구舊황실을 우대하고 재정 지원을 한다.

총령으로 홍경래가 단독 입후보하여 선출되었다. 252명의 의원 중 207명이 홍경래에게 표를 던졌다. 참의원 대다수가 반대한 결과였다. 홍경래는 장관 임명을 서둘렀다. 수석장관인 내무부 장관에는 정적인 전우칙을 임명했다.

1813년 1월 1일 홍경래는 광화문 앞 옛 육조 거리에서 대한민국 건국을 선포했다.

여성 만인소

참의원에서 국가시험에 여성이 응시할 수 없도록 하는 법안을 만들고 있었다. 이는 국가시험 응시에 제한을 두지 않는다는 헌법에 위배되는 것이었지만 참의원은 아랑곳하지 않았다. 급기야 52명 전원의 찬성으로 이 법안이 통과되었다. 법안의 운명은 홍경래의 손에 달렸다. 참의원 의원 전원의 찬성으로 총령에게 올라온 법안이라 홍경래로서는 참으로 난감할 수밖에 없었다.

그런데 이 소식을 접한 여성들이 들고 일어났다. 여성이 반드시 국가시험에 응시할 수 있도록 참의원의 법안은 거부되어야 한다는 여론이 강하게 일어났다. 서울을 중심으로 각 도에 참의원 법안 반대 단체가 만들어지기 시작했다. 이들은 '여민회'라는 이름으로 집회를 열고 여론전을 시작했다. 여성들 사이에서 호응이 뜨거웠고 남성들의 호응도 적지 않았다. 여민회는 대표단을 만들어 민의원과 총령실에 집중적으로 이 법안의 부당함을 호소했다.

그러던 중 중앙여민회장 정금이 만인소를 총령실에 내자는 제안을 했다. 이에 각 도별로 만인소에 참여할 인원을 할당했고, 한 달여의 노력 끝에 만인소를 완성했다. 이것이 대한민국 역사 최초의 여성 만인소였다.

홍경래는 여성 만인소에 호응했다. 국가시험 응시에 여성의 참여를 제한하는 것은 대한민국의 건국 이념과 헌법에 맞지 않다며 거부권을 행사했다. 이로써 국가시험에 여성 누구나 응시할 수 있게 되었다. 홍경래는 교육에서도 여성에 대한 차별을 일절 하지 말 것을 강조했다.

홍경래의 전국 순방

홍경래는 전국을 순방하고 있었다. 나라의 행정 실태를 확인하고 여론을 듣기 위한 차원에서 13개 도를 빠짐없이 순방할 계획이었다.

홍경래는 부산의 해운대 백사장 위에 있었다. 시선은 저 멀리 남쪽을 향해 있었다. 10분간 아무 말 없이, 미동도 없이 물끄러미 바라보고 있자, 비서실장 이총각이 물었다.

"총령님, 무얼 그리 바라보시며 생각에 잠겨 있는 것인지요?"

"날씨가 청명한 날은 대마도가 보인다. 저기 바다 위에 떠 있는 섬이 대마도다."

"대마도를 보면서 생각에 잠겨 있는 것입니까? 무슨 생각을 하십니까? 조선 시대의 왜란에 대한 복수를 꿈꾸시는 것입니까?"

"아니다. 우리가 혁명을 해 대한민국을 세운 뜻은 국민의 안전과 평화에 있다. 내가 꿈꾸는 대한민국은 평화의 나라지

침략의 나라가 아니다. 그러나 보아라. 왜는 동양의 발톱과 같은 나라다. 기회가 되면 벼린 발톱을 드러내려 할 것이다. 구라파 나라들은 힘으로 나라들을 정복하는 데 혈안이 돼 있다. 저 바다 건너에 미국이라는 나라가 있다. 영국으로부터 독립한 이래 날로 힘을 키워 가고 있다고 한다. 대한민국이 평화의 나라가 되기 위해서는 부강해져야 한다. 경제적으로 풍요롭고 군사적으로 강해야만 나라를 지킬 수 있고 백성을 도탄에 빠트리지 않을 수 있다. 반드시 대한민국을 부강한 나라로 만들겠다는 다짐을 하고 있었다.

안전과 평화는 우리나라 내부의 일에 그치지 않는다. 세상에는 많은 나라가 있다. 그 나라들 간에도 안전과 평화가 유지되어야 한다. 대한민국이 안전하고 평화로운 세상을 만드는 데 주도적 역할을 해야 한다. 대한민국은 그럴 만한 나라가 되어야 한다. 문화적으로 앞서고 통상에서도 앞서는 그런 나라가 되어야 한다."

어느 날, 홍경래는 백두산 정상에 올라 서쪽을 바라보고 있었다. 이총각이 물었다.

"총령님, 만주 땅을 왜 이리 오랫동안 바라보고 계신 것입니까?"

"조선이라는 나라가 세워지고 대한제국이 건국되기까지 숱한 전쟁과 내전이 있었다. 국민들은 그 고통을 고스란히 떠안아야 했고 많은 이들이 압록강과 두만강을 건너 만주 땅으로 건너가 정착했다. 총각아! 저들은 우리의 국민이냐, 아니냐?"

"다른 나라의 영토에 사는 이들을 온전히 우리 국민이라 할 수 있겠습니까?"

"아니다. 저들은 우리 국민이다. 우리 말을 하고, 우리 글을 쓰고 대한제국을 그리워하는 이들이다. 우리 국민이다. 백두산정계비에 따르면 저들이 사는 곳은 원래 우리 땅이었다. 비록 우리 영토 안에 있지 않다고 하더라도 소중한 우리의 국민이다. 대한민국의 이익을 위해 반드시 필요한 사람들이다. 저들이 삶을 일구고 사는 땅은 사실상 우리의 영토다. 저들의 존재로 인해 언젠가는 실제로 우리의 조선 땅이 될 수도 있는 것이다. 내 저들을 생각하니 발이 쉽게 떨어지지 않는구나."

홍경래는 8년 동안 총령을 지냈다. 다음 총령은 전우칙이, 그다음 총령은 이총각이, 다음은 최제우, 최시형, 그다음은 전봉준이었다.

전봉준 총령 당시 헌법상의 대동국이라는 명칭을 공화국으로 바꿨다. 또한 총령의 명칭을 총리로 바꿨다. 참의원 선거구는 각 도를 두 개의 지역으로 쪼개는 것으로 개편했고, 유적을 완전히 폐지했으며, 누구나 18세 이상이면 후보로 나설 수 있고 투표권을 갖게 됐다. 참의원은 차츰 옛날 양반을 대표하는 것이 아니라 지역을 대표하게 됐다.

전봉준 총령 당시 외국과의 통상이 급격히 활발해졌다. 구라파 지역은 네덜란드, 영국, 스페인, 포르투갈을 넘어 프랑스와 독일까지 확장됐다. 미국의 중요성을 간파하고 대형 선박 두 척을 파견해 통상을 교섭했다. 두 척의 배 이름이 각각 '홍길동호'와 '장길산호'였다.

해외 통상이 활발해지고 막대한 자금이 필요해지면서 부를 일군 자들의 여윳돈을 모으기 위해 높은 이자를 보증하는 증서를 발간하기 시작했다. 사람들은 그 증서를 '금딱지' 또는 주식이라고 불렀다. 정부 주도로 통상단을 꾸리던 것에서 민간이 주도하고 정부가 허가를 내주는 것으로 바뀌었다.

대한민국은 동양 최초의 민주공화국이었다. 거기에 한글이 있었다.